ВЫСОКИ

КНИГИ
ИРИНЫ МУРАВЬЁВОЙ —
ПОДЛИННОЕ УКРАШЕНИЕ
ВАШЕЙ БИБЛИОТЕКИ,
ИЗЫСКАННАЯ ПРОЗА
ДЛЯ НАСТОЯЩИХ ГУРМАНОВ
В ЛИТЕРАТУРЕ:

- Любовь фрау Клейст
- Веселые ребята
- Портрет Алтовити
- День ангела
- Напряжение счастья
- Сусанна и старцы
- Жизнеописание грешницы Аделы
- Отражение Беатриче
- Страсти по Юрию
- Кудрявый лейтенант

СЕМЕЙНАЯ САГА:

- Барышня
- Холод черемухи
- Мы простимся на мосту

ИРИНА МУРАВЬЁВА

НАПРЯЖЕНИЕ СЧАСТЬЯ

ЭКСМО
МОСКВА

УДК 82-3
ББК 84(2Рос-Рус)6-4
   М 91

Художественное оформление серии
Виталия Еклериса

Муравьёва И.

М 91   Напряжение счастья : повести и рассказы / Ирина
Муравьёва. — М. : Эксмо, 2013. — 320 с. — (Высокий стиль.
Проза И. Муравьёвой).

ISBN 978-5-699-61973-3

В книгу повестей и рассказов Ирины Муравьёвой вошли как
ранние, так и недавно созданные произведения. Все они — о
любви. О любви к жизни, к близким, между мужчиной и женщиной, о любви как состоянии души. И о неутолённой потреб-
ности в этом чувстве тоже. Обделённость любовью делает человека беззащитным перед ужасами мира, сводит с ума. Автор с
таким потрясающим мастерством фиксирует душевную вибра-
цию своих героев, что мы слышим биение их пульса. И, может
быть, именно это и создаёт у читателя ощущение прямого и об-
жигающего прикосновения к каждому тексту.

УДК 82-3
ББК 84(2Рос-Рус)6-4

ISBN 978-5-699-61973-3

НАПРЯЖЕНИЕ СЧАСТЬЯ

Зима была снежная, вся в синем блеске, и пахла пронзительно хвоей. У елочных базаров стояли длинные очереди, и праздничность чувствовалась даже внутри того холода, которым дышали румяные люди. Они растирали ладонями щеки, стучали ногами. Младенцы в глубоких, тяжелых колясках сопели так сладко, что даже от мысли, что этим младенцам тепло на морозе, замерзшим родителям было отрадно.

Я была очень молода, очень доверчива и училась на первом курсе. Уже наступили каникулы, и восторг, переполнявший меня каждое Божие утро, когда я раскрывала глаза и видела в ослепшей от света форточке кусок несказанно далекого неба, запомнился мне потому, что больше ни разу — за всю мою жизнь — он не повторился. Минуты текли, как по соснам смола, но *времени* не было, *время* стояло, а вот когда время *бежит* — тогда грустно.

Ничто не тревожило, все веселило. Новогоднее платье было куплено на Неглинке, в большой, очень темной уборной, куда нужно было спуститься по скользкой ото льда лесенке, и там, в полутьме, где обычно дремала, согнувшись на стуле, лохматая ведьма, а рядом, в ведре, кисли ржавые тряпки, — о, там жизнь кипела! Простому человеку было не понять, отчего, с диким шумом Ниагарского водопада покинув кабинку, где пахло прокисшей клубникой и хлоркой, распаренные женщины не торопятся обратно к свету, а бродят во тьме, словно души умерших, и красят свои вороватые губы, и курят, и медлят, а ведьма со щеткой, проснувшись, шипит, как змея, но не гонит... Прижавшись бедром к незастегнутым сумкам, они стерегли свою новую жертву, читали сердца без очков и биноклей.

Мое сердце прочитывалось легко, как строчка из букваря: «мама мыла раму». Ко мне подходили немедленно, сразу. И так, как оса застывает в варенье, — так я застывала от сладких их взглядов. Никто никогда не грубил, не ругался. Никто не кричал так, как в универмаге: «Вы здесь не стояли! Руками не трогать!»

Ах, нет, все иначе.

— Сапожками интересуетесь, дама?

Я («дама»!) хотела бы платье. Ведь завтра тридцатое, а послезавтра...

— Да, есть одно платьице... Но я не знаю... Жених подарил... — И — слеза на реснице. Сверкает, как елочный шар, даже ярче. — Жених моряком был, служил на подводке... А платьице с другом своим передал... Ох, не знаю!

— А где же он сам?

— Где? Погиб он! Задание выполнил, сам не вернулся...

Не платье, а повесть, точнее, поэма. «Прости!» — со дна моря, «Прощай!» — со дна моря... Мне сразу становится стыдно и страшно.

— Ну, ладно! Была не была! Девчонка, смотрю, молодая, душевная. Пускай хоть она за меня погуляет! А парень-то есть?

— Парень? Нету.

— Ну, нету — так будет. От них, от мерзавцев, чем дальше, тем лучше! Пойдем-ка в кабинку, сама все увидишь.

Влезаем в кабинку, слипаясь щеками.

— Садись и гляди.

Сажусь. Достает из пакета. О чудо! Размер только маленький, но обойдется: уж как-нибудь влезу.

(Погибший моряк, видно, спутал невесту с какой-нибудь хрупкой, прозрачной русалкой!)

— Ну, нравится?

— Очень. А можно примерить?

— Ты что, охренела? Какое «примерить»? Вчера вон облава была, не слыхала?

Мертвею.

— Облава?

— А то! Мент спустился: «А ну, все наружу! А ну, документы! «Березку» тут мне развели, понимаешь!» Достал одну дамочку аж с унитаза! Сидела, белье на себя примеряла. Ворвался, мерзавец! Ни дна ни покрышки!

Начинаю лихорадочно пересчитывать смятые бумажки. Бабуля дала шестьдесят. Плюс стипендия. Вчера я к тому же купила колготки.

— Простите, пожалуйста... Вот девяносто...

— Ведь как угадала! Копейка в копейку! Просила одна: «Уступи за сто сорок!» А я говорю: «Это не для продажи!» А ты — молодая, пугливая... В общем, не всякий польстится... И парня вон нету...

Сую все, что есть, получаю пакет.

— Ты спрячь его, спрячь! Вот так, в сумочку. Глубже! Постой, дай я первая выйду. А ты посиди тут. Спусти потом воду.

Минут через пять поднимаюсь наверх. О, Господи: свет! Это — вечное чудо.

Тридцать первого у меня гости. Заморское платье скрипит при ходьбе. Налезло с трудом, но налезло. (Не знаю, как вылезу, время покажет!) Готовлю по книжке салат «оливье», читаю: «Нарежьте два крупных яблока». Бегу в овощной на углу.

Продавщица сизыми, как сливы, толстыми пальцами ныряет в бочку с огурцами.

— А что же кривые-то, дочка?

— Прямые все съели!

— Да ты не сердись! Дашь попробовать, дочка? А то я вчера рано утром взяла, куснула один, так горчит, окаянный!

— «Горчит» ей! На то огурец, чтоб горчить! Не нравится, так не берите! «Горчит» ей!

— Да как «не берите»? Сватов пригласили!

— Пакет у вас есть? Он дырявый небось?

— Зачем же дырявый? Он новый, пакетик...

— Рассолу налить?

— Ой, спасибочки, дочка!

На яблоках — темные ямки гнильцы. Мороз наполняет мой бег звонким скрипом.

Дома напряжение счастья достигает такой силы, что я подхожу к окну, отдергиваю штору и прижимаюсь к стеклу. Все небо дрожит мелкой бисерной дрожью. Одиннадцать. Первый звонок. Три сугроба в дверях: подруга Тамара («Тамар» по-грузински!), любовник Тамары Зураб Бокучава, а третий — чужой, и глаза как маслины, залитые скользким оливковым маслом.

— Зна-а-комтэс, Ирина. Вот это — Георгий. В Тбилиси живет.
— Ах, в Тбилиси! Тепло там, в Тбилиси?
— В Тбилыси вчера тоже снэг был, но теплый!

У Томки с Зурабом — совет да любовь. Аборт за абортом. Зураб презирает метро, ездит только в такси. Пришлют ему денег, так он, не считая, — сейчас же на рынок. Накупит корзину чурчхелы, киндзы, телятины, творогу, меду, соленьев. Неделю едят, разрумянившись. Вволю. Гостей приглашают. Те тоже едят. Хозяин квартиры — второй год в Зимбабве, хозяйские книжные полки редеют: Ги де Мопассана, Майн Рида, Гюго снесли в магазин «Букинист» и проели. Зимбабве воюет, не до Мопассана.

Промерзшие свертки — на стол.

— Ах, коньяк? Спасибо! А это? Хурма? Мандарины! Вы что, только с рынка?

— Зачэм нам на рынок? Вот, Гия привез.

— Садитесь скорее, а то опоздаем! Пропустим, не дай Бог! Бокалы-то где?

Летаю, как ветер, не чувствую тела.

Звонит телефон. Беру трубку. Акцент. Но мягкий, чуть слышный.

— Ирина?

— Да, я.

— Я к ва-ам сейчас в гости иду. Где ваш корпус?

Зураб привстает:

— Это друг, Валэнтин. Хадили с ним в школу в Тбылиси. Нэ против?

— Ах, нет!

— Пайду тагда встрэчу. Мы с Гией пайдем.

— Зачэм я пайду? А Ирине па-амочь?

— Ах, не беспокойтесь!

— А што там на кухнэ гарит? Што за дым?

— Какой еще дым?

— Нэ знаю, какой, но я нюхаю: дым. Хачу посмотрэть. Пайдем вмэстэ, па-асмотрим.

На кухне целует в плечо.

— Да вы что?

Вздыхает всей грудью, со стоном:

— А-а-ай!

Грудь (видно под белой рубашкой!) черна и вся меховая, до самого горла.

— Я как вас увыдэл, так сразу влюбился!

Минут через десять Зураб приводит в дом остекленевшего от мороза, с нежнейшей бородкою ангела. На ангеле — белые тапочки, шарф, пиджак, свитерок. Все засыпано снегом.

— А где же пальто?

— Я привык, мне тепло!

Зураб обнимает стеклянного друга:

— Какое тэпло? Ты савсэм идиёт! Тэбэ нада водки, а то ты па-а-дохнешь!

— Садитесь, садитесь!

Часы бьют двенадцать. Успели! Ура!

...сейчас закрываю глаза и смотрю. Вот елка, вот люди. Гирлянды, огни. И все молодые, и мне восемнадцать. А снег за окном все плывет, как река, как пена молочная: с неба на землю.

Помню, что разговор с самого начала был очень горячим, потому что в комнате соединились трое молодых мужчин и две женщины, которых накрыло волненьем, как морем. Помню, что

Гия громко, через весь стол, спрашивал у Зураба, сверкая на меня глазами:

— Ты можэшь так здэлать, шьтобы ана уезжала са-а мной в Тбылиси? Ты друг или кто ты?

Зураб отвечал по-грузински, закусывая полную, капризную нижнюю губу, привыкшую с детства к липучей чурчхеле. Потом очень сильно тошнило Тамар, и ей наливали горячего чаю. Потом танцевали, дышали смолой бенгальских огней вперемешку с еловой.

А утром согревшийся ангел раскрыл рюкзачок и вытащил груды страниц и тетрадей. Синявский, Буковский, «Воронежский цикл», «Стихи из романа Живаго», Флоренский...

— Я выйду на площадь! И самосожгусь! — сказал грустный ангел. Мы все присмирели. — Для честных людей есть один только выход.

Я в ужасе представила себе, как он, в простых белых тапках, с куском «оливье», застрявшим в его золотистой бородке, худой, одинокий, из нашего теплого дома пойдет сквозь снег и мороз прямо к Лобному месту, а там... Мы будем здесь есть мандарины, а он сверкнет, как бенгальский огонь, и погибнет.

Никто с ним не спорил, но стали кричать, что лучше уехать, что это умнее.

— Куда ты уэдеш? На чом ты уэдэш? — спрашивал Зураб, прихватив Гию за грудки.

А Гия, расстегнувший ворот нейлоновой рубашки, выкативший красные глаза и кашляющий от собственной шерсти, забившей широкое горло, кричал:

— Алэнэй любыл? Алэнатыну кушал?
— Зачэм мнэ алэни?
— Затем, — вдруг спокойно сказала Тамара, — что можно уйти вместе с северным стадом. Вода замерзает, оленеводы перегоняют стада в Америку. Или в Канаду. Я точно не знаю. Но многие так уходили. Под брюхом оленя. И их не поймали.

Я увидела над собой черное небо, увидела стадо голодных оленей с гордыми величавыми головами и покорными, как у всех голодных животных, влажными глазами в заиндевевших ресницах, увидела равнодушного эскимоса в его многослойных сверкающих шкурах (из тех же оленей, но только убитых), почуяла дикий неистовый холод, сковавший всю жизнь и внутри, и снаружи.

И там — под оленьим, скрипящим от снега, худым животом — я увидела ангела. Вернее сказать: новогоднего гостя, но с мертвыми и восковыми ушами...

Тогда, в первые минуты этого робкого раннего утра, я не знала и догадаться не могла, что через несколько лет полного, избалованного Зураба посадят в тюрьму за скупку вынесенного со склада дерматина, которым он обивал двери соседских квартир (чтоб в доме всегда были фрукты, чурчхела, телятина с рынка!), Тамара, родившая девочку Эку с глазами Зураба и носом Зураба, сейчас же оформит развод и уедет, а Гия, вернувшись в свой теплый Тбилиси, исчезнет совсем, навсегда, *безвозвратно*, как могут исчезнуть одни только люди...

В восемь часов мои гости ушли, а весь самиздат почему-то остался. И отец, вернувшись с празднования Нового года, увидел все эти листочки: Синявский, Буковский, стихи из романа...

— Кто здесь был? — тихо спросил он, белея всем лицом и пугая меня этой бледностью гораздо больше, чем если бы он закричал. — Что тут было?

Я забормотала, что люди — хоро́шие, очень хорошие...

— Что ты собираешься делать с *этим*? — И он побелел еще больше.

— Не знаю...

Я правда не знала.

— Ты *этого* — слышишь? — не видела! *Этого* не было.

— Но мне это дали на время, мне нужно вернуть...

— Ты *этого* видеть не видела, я повторяю!

И бабуля, только что приехавшая от подруги, с которой до двух часов ночи смотрела по телевизору новогодний «Огонек» и очень смеялась на шутки Аркадия Райкина, стояла в дверях и беззвучно шептала:

— Не смей спорить с папой!

Тогда я, рыдая, ушла в свою комнату, легла на кровать и заснула. Проснувшись, увидела солнце, сосульки, детей в пестрых шубках, ворон, горьких пьяниц, бредущих к ларьку с независимым видом... Увидела всю эту дорогую моему сердцу московскую зимнюю жизнь, частью которой была сама, обрадовалась ее ослепительной белизне, своим — еще долгим — веселым каникулам, своей все тогда освещающей юности...

А в самом конце той же самой зимы в Большом зале консерватории состоялся концерт Давида Ойстраха и Святослава Рихтера. Два гения вместе и одновременно. Не знаю, каким же я все-таки чудом достала билеты. А может быть, меня пригласил тот молодой человек, лица которого я почти не помню, но помню, что он был в костюме и галстуке. Концерта я тоже не помню, поскольку мне было и не до концертов, а только до личной и собственной жизни, которая настолько переполняла и радовала меня, что, даже случись тогда Ойстраху с Рихтером вдруг слабым дуэтом запеть под гармошку, я не удивилась бы этому тоже. Но в антракте, когда цепко осмотревшая друг друга московская публика выплыла в фойе, усыпала бархатные красные диванчики и зашмыгала заложенными зимними носами, я вдруг увидела, как по лестнице стрелой промчался тот самый Валентин Никитин, который не ушел, стало быть, под брюхом оленя, не сжег себя рядом с Кремлевской стеною, но — весь молодой и горячий, в своих потемневших и стоптанных тапочках, в своем пиджачке, в своем узеньком шарфе, — промчался, влетел прямо в двери партера, а дальше была суета, чьи-то визги...

Во втором отделении нарядные ряды партера

начали испытывать сдержанное волнение, оглядываться друг на друга, поправлять прически, покашливать, как будто бы где-то над их головами летают особенно жадные пчелы. Мой молодой человек с его незапомнившимся лицом, но в чистом костюме и галстуке, сидел очень прямо, ловил звуки скрипки и, кажется, тоже чего-то боялся.

Обьяснилось довольно просто: на этом концерте был сам Солженицын с женою и тещей. И многие знали об этом событии. В антракте же вышел нелепейший казус: студент из Тбилиси, без верхней одежды, ворвался, как вихрь, и, всех опрокинув, упал на колени, зажал Солженицыну снизу все ноги и стал целовать ему правую руку. Великий писатель стоял неподвижно, руки не отдернул и сам был в волненьи. Пока не сбежались туда контролерши, пока не позвали двух-трех участковых и не сообщили куда-то повыше, никто и не знал, что положено делать. Конечно же, в зале был кто-то из «ихних»: какой-нибудь, скажем, француз или турок, какой-нибудь из Би-биси и «Свободы», и все сразу выплыло из-под контроля, наполнило шумом все станции мира, наполнило все провода диким свистом; и тут уж, хоть бей о Кремлевскую стену крутым своим лбом, — ничего не исправишь!

Потом рассказали мне, что Никитина вывели под руки двое милиционеров, и он хохотал, издевался над ними, а милиционеры, мальчишки безусые из Подмосковья, не позволили себе ни одного слова, пока волоком тащили его к машине, и он загребал двумя тапками снег (и было почти как под брюхом оленя!), но, уже открыв дверцу и заталкивая хулигана в кабинку, один из милиционеров, не выдержав, врезал ему прямо в ухо, и сильно шла кровь, и он так и уехал, вернее сказать: увезли по морозцу.

2010

ЖЕНА ИЗ ТАИЛАНДА

Деби Стоун, с зимы изучавшая русский язык, и Люба Баранович, ее учительница, молодая, недавно эмигрировавшая из России, стояли на платформе и напряженно всматривались в усыпанную мелким дождем темноту, откуда должен был вот-вот появиться поезд. И он появился: сначала горящие, выпученные глаза его, потом ярко-черная морда и, наконец, все его натруженное, длинное и скользкое тело, внутри которого находились те, которых они поджидали. Пока заранее улыбнувшаяся Люба не подошла к ним и не заговорила, они, насупленные, стояли возле своего вагона, не двигаясь с места. Услышав Любино «здравствуйте!», прибывшие оживились, и самая высокая из них, большегрудая, рыжая и растрепанная, с бантом в помятой прическе, бросила свою сумку наземь и всплеснула руками так энергично, как будто и Люба, и стоящая чуть поодаль смутившаяся Деби были первыми на свете красавицами. От резких движений рукава ее плаща съехали, и большие часы под названием «Командирские» сверкнули, как летнее солнце.

В восьмиместном автобусе, взятом напрокат специально для съемок, помчались в гостиницу, где Деби еще вчера зарезервировала несколько номеров. Чернокожая дежурная с распрямленными кудрями, которые она все время сдувала с переносицы, оттопырив свою лиловатую нижнюю губу, сняла копии с российских паспортов и, широко улыбаясь, сообщила, что завтрак накроют внизу рано утром. После этого гости наконец-то отправились спать, а Деби, смущенная, с Любой, взволнованной встречей, тревожно кокетливой, тоже расстались.

Ночью раздался звонок, и Люба, успевшая лечь и закрыть свои веки, узнала хрипловатый голос Деби, бормочущей чушь и нелепость:

— А мы ведь должны им помочь! Какие прекрасные люди! Если нас попросили участвовать в съемках, значит, это что-то важное для твоей бывшей страны. Я понимаю, что ты уехала и, верно, обижена, да? На вашу страну и на партию. Я понимаю. Однако же люди — при чем? И какие! Ты видела: там есть писатель? И он мне сказал, что он «малчык войны». А что это: «малчык войны»? А рядом был Петья. И он оператор. Такой смешной нос! Как у утки. Ты слушаешь, Луба?

«Луба» кивнула и увидела, что в зеркале вместе с ее покорным кивком уже отражается дерево. Дождя больше не было. В небе, как астра, рассыпалось утро.

Съемки начались в одиннадцать, но не в Гарварде, как предполагали поначалу, а в большом и неуклюжем доме Деби, которой благодарные гости решили сделать приятное и предложили выступить перед многомиллионным российским зрителем.

— Я что говорю? — Рыжая Виктория надвигалась на Любу в своей золотой, с черным бархатом кофте. — Что женщина — главное в мире! Вот кто-то сказал, я не помню, ну, типа царя Соломона, что женщина — это приятно! И он не ошибся! А Деби для нас ведь находка! Простой трудовой человек из Америки всю жизнь посвящает тому, чтоб помочь! Вот этих казахов она привезла, малышей. Ну, бедняжечек этих! Из Алма-Аты. Они здесь закончат колледжи, вернутся домой. Им Деби сейчас ближе мамы!

Люба не стала объяснять, что у «бедняжечек» из Алма-Аты были отцы, которым принадлежали нефтяные и газовые скважины, а сами «бедняжечки» познакомились с доверчивой Деби на конференции пацифистов, случившейся летом в Алма-Ате, где они работали переводчиками.

Широкое лицо хозяйки пылало пожаром, и шелковая блузка, в которую она нарядилась для съемки, была тоже жаркого красного цвета.

— Котенка, котенка ей дать! — командовала Виктория. — Большим крупным планом — котенка! Животное! Близость к животным! Гуманность! И скажем за кадром, что сердца хватает на всех! Всех спасает!

— Да прямо уж — всех! — лениво усмехнулся оператор с носом уточкой и подмигнул Деби. — Кого же она, бляха-муха, спасла-то?

— Кого? — возмутилась Виктория. — Ах, Петя, ты скажешь! Да вот хоть котенка! Гуляет в лесу, видит: мертвая кошка. Ну, кто наклонился бы? На руки взял? Сдох, и ладно! А тут... Тут ведь сердце! Берет она кошку и мигом в больницу! И все трансплантируют. Все, до копейки! Все почки, всю печень. Включая и глазик. Да, глазик! Искусственный. Цвет-то! Как небо!

Кошка повела на оператора большим, ярко-синим, загадочным глазом. Второй глаз был карим, почти даже желтым, и видно, что свой, от природы, обычный.

— Черт знает! — пробормотал оператор. — У нас человека лечить не пристроишь, а тут, бляха-муха...

Через два дня русскую команду, нагруженную еще больше, посадили в нью-йоркский поезд. Поэт Сергей Егоров, «мальчик войны» и автор нашумевшего стихотворения «Мои яблоки», ставшего песней, не менее знаменитой, чем «Подмосковные вечера», припал к Дебиной руке. Рыжая горячая Виктория обняла ее, вся задохнувшись:

— Родная! Идею твою принимаем! Работать согласны. Совместно. И дома, в Москве, и здесь, в Штатах. И сделаем фильм. Всем покажем!

Тут он подошел. Совсем по-хозяйски, вразвалочку. Нос как у утки. Крепкими руками притиснул Деби к себе. Шея его пахла сигаретным дымом, а пальцы были горячими и жадными. Потом отпустил, не целуя.

— Ну ладно, подруга, — громко, как глухой, сказал он. — Приедешь в Москву, погуляем.

* * *

Летели долго, с двумя утомительными пересадками — в Нью-Йорке и в Хельсинки. Волновались, как их встретят и встретят ли: все решилось

24

в последнюю минуту. В Шереметьевском аэропорту было накурено, стоял везде ровный, взволнованный гул, сильно пахло разлукой. Туалетной бумаги не было. Неуклюжая Деби поставила сумку на краешек раковины, разбила бутылку с коньяком, купленную в Хельсинки. На запах и грохот пришли две уборщицы с одинаковыми тусклыми лицами, напоминающими монеты, попавшие под колесо.

— Дурында какая! Ах, Господи! — сказали они и всплеснули руками. — Бывают дурынды-то, Господи!

Объятие Виктории было горячим, тяжелым и громким, как сумка с камнями.

— Ну, все! Наконец-то! Родные! Ну, слава те, Господи! Петя, ты где? Все, начали съемку! Минута прибытия. Взял и пошел!

В черных измятых штанах, в черной майке, Деби смутилась до слез, встретившись с его прищуренными глазами. Опять подмигнул, засмеялся. Она закрыла лицо мясистыми бордовыми георгинами, которые жалобно пахли землею.

Летом девяносто второго года в Москве было жарко почти с Первомая. Асфальт накалился, сирень стала желтой. С гостями из Штатов начались неприятности. Во-первых, еда. На завтрак в гостинице «Юность» давали крутое яйцо, ломтик сильно блестящего сыра, красивый цветочек из твердого масла и сахар кусочками. Хлеб — белый с черным. Чай, кофе, какао на выбор. Все вроде в порядке. Однако на третий же день группа вдруг заболела. Сидели понурые, пили боржоми. Боржоми бурлило в желудках, как Терек. В двенадцать часов по московскому времени к молоденькой ассистентке режиссера, спустившейся вниз за шампунем, пристали чужие усатые люди. Зрачки как маслины, мохнатые шеи — в цепях, пальцы — в перстнях. Вошли вместе в лифт и нажали на кнопку. Только когда доехали до восьмого этажа, догадались, что птичка по-русски ни «бе» и ни «ме». Чеченского тоже не знает. Выпустили на втором этаже, погладили по голове, пощелкали вслед языками. Ассистентка ворвалась в номер к Любе Баранович, стучала зубами от страха. Едва успокоили.

У Любы была вся команда плюс Петр с Викторией. Проект обсуждали на двух языках, все кричали.

— Что я хочу снять? — надрывалась глотнувшая водки лохматая Деби. — Я жизнь хочу снять, вашу жизнь! Вот ваши мужья. Это ужас! Они же третируют жен! А жены? У них же мужья как при-

26

слуга! Вчера один муж бил жену рядом с почтой. И видели все. Полицейский их видел. И он промолчал. Это ужас! А утром другая жена била мужа. Ну, то есть, в общем, не била, а сильно толкала. Вот так! Прямо в спину.

— Эх, Дебочка! Жизни не знаешь! — усмехнулся Петр и накрыл руку Деби своей горячей ладонью. — Не бьет — так не любит. Народ наш — дерьмо. Дерьмо, говорю! Понимаешь? А лучше нас нету. Такая вот штука.

— Ти што говорите? — испугалась Деби.

— Ах, что? Он согласен! — простонала Виктория и схватилась за виски, исписанные мелкими поперечными морщинками. — Конечно, согласен! А как ведь все было? Ведь ты же не знаешь! Сначала Орда, жуть, татары. На улицу просто не выйдешь. Кибитка к кибитке. И лошади тут же! Потом интервенты. Ну, это уже в нашем веке: Колчак и Деникин, и красные тоже. Потом продразверстка. Потом сорок первый! Спасали весь мир. Все — в окопы! И вши тоже были. Буквально на людях! Да, что говорить! Настрадались! Колеса истории, как говорится. Сейчас у нас бизнес. Кто спит у нас ночью? Никто, ни секунды! Когда людям спать? У них у всех бизнес!

— А что? Что плохого? — огрызнулся Петр и

налил себе коньяку в темно-синий стаканчик. — Жрать хочешь — крутись! Не подохнешь!

— Ой, что я сижу-то! — спохватилась Виктория и вспыхнула как бузина. — Ведь нужно же пленки смотреть! Встали, Петя?

— Вот ты и смотри. — Оператор вдруг отвел глаза. — Мне Деби журнальчик один обещала. У ней вроде в комнате. Помнишь?

* * *

С первым своим мужем, сутулым и рыжим ирландцем, она прожила три недели. Сначала был весел и вдруг загрустил, заметался. Запил беспробудно. Потом оказалось, что он алкоголик, все время лечился. Она и не знала. Пришлось удрать к матери — с пузом, без денег. Они развелись, когда дочке был месяц. Ирландец оставил свой дом и все деньги. А сам, видно, спился, погиб под забором.

Второй, итальянец, имел свою адвокатскую контору, занимался бракоразводными процессами. Мечтал все поймать на измене. Жизнь с ним была бурной и очень тревожной. Потом изменил ей он сам. И как! С секретаршей. Она не стерпела, расстались врагами.

И третий, который был полным и мягким, как тесто, ее тоже предал. Ушел к своей первой возлюбленной. Она овдовела, вот он и ушел. Прямо перед разводом умер его отец, оставив сыну огромное состояние. Деньги по законам штата Массачусетс поделили поровну. Деби оказалась богатой, израненной и одинокой. И с дочкой у них не сложилось. Приедет на день: «Мама, мамочка!» Чмок! Улетела! Потом и звонка не дождешься.

* * *

За окнами гостиницы начиналась гроза. Все было лиловым от вспышек, особенно клумба с ромашками прямо у входа. Лиловые ромашки жались к земле, и земля содрогалась. Потом хлынул дождь.

— Эх, славно! Гроза! — бормотал Петр. — Люблю, когда дождь!

Узкие глаза его стали дикими, словно слепыми, лоб мокрым, блестящим от пота.

— Люблю грозу в начале мая! — вскрикивал он, приподнимаясь и опускаясь над ее неловким, горячим и радостным телом. — Когда весенний первый гром...

— О! — задыхалась она, стараясь понять то,

что он говорит. — О, Петья! Лублу как я вам! Очэн! Очэн!

Виктория просто сходила с ума. Проект летел к черту. Влюбилась как кошка, а он нос воротит. К тому же женат! Что будет, когда она **это** узнает? Тогда все, конец, хоть бросайся под поезд! При этом сама Виктория очень любила трогательную историю Петровой женитьбы и раньше, до появления Деби, часто рассказывала эту историю со слезами на глазах.

Они поженились, еще восемнадцати не было. Мальчишка с девчонкой. Уехал в Москву. Ну, талант! Не придраться. И тут поступил. Она в Николаеве, ждет его, значит. Ну, ждет да ждет. А он все не едет. Ее не зовет. Что женат, что свободен — поди разбери! Оператор от Бога! Вот мне говорила София Ротару: «Когда крупный план, только Петю! У всех у других я — лягушка!» По мне, так она просто жаба, но Петя умеет! Раз щелкнет, два щелкнет, и вот вам шедевры! Влюбился в одну. Муж в Париже. Помощник посла. Сама она — стерва, одета как кукла. Ну, муж только рад, что любовник завелся. Ему только легче. А наш-то не шутит! Сначала, конечно, развелся. «Прости меня, Оля! Не знаю, как вышло!» Она — ну ни слова! «Конечно, конечно!» Мол, все понимаю, давай разводиться. И все. Они развелись, он женился. Скандалы, измены. Такой был кошмар, вспомнить страшно! Опять развелись. Отдохнул и — по новой! Другая мерзавка, «Умелые руки»! Кружок был по третьей программе, кораблики делали. Баба — картинка! При этом мерзавка, мерзей не бывает. Пожили-пожили, опять все насмарку. И тут телеграмма от Оли: «Вот так, мол, и так. Торопись: мать в больнице. И врач говорит: плохо дело».

Сорвался, поехал. В больнице сказали: «Берите домой, мы не держим». Он взвыл благим матом. Куда ее брать? И тут Оля: «Езжай, не волнуйся, все будет в порядке». И мать забрала. Я ни слова не вру! К себе забрала, в коммуналку. Мать — все под себя. Недержание. Любая бы — что? Но не Оля! Все терпит, святая! Приехал он мать хоронить. Там все уже сделано, чисто, блины, угощенье. И тут-то его как бабахнет: «Да что ж я, дурак! Вот мне друг, вот жена! Стакан перед смертью подаст, это точно!» И — бах! Предложение! Ей!! От-ка-зала! Такое вы слышали? Я — никогда! Уехал в Москву. Ей звонит каждый день: «Давай выходи!» Ни в какую. А летом приехала. Прошлым. Болел. Чего-то там резали, точно не знаю. Ухаживать нужно? Ну, тут и она. Святая! Буквально святая. Живут. Но Олечка замуж не хочет. «Что мне этот замуж? Я в нем уж была!» Такая история! Чудо!

* * *

Заросший седыми, отливающими в желтизну волосами старик сидел на пустом перевернутом ящике. Белый дом смотрел на него равнодушными своими окнами, молодые, недокормленные милиционеры его почему-то не трогали. Жилье старика было очень простым: ящики и коробки, нагроможденные друг на друга так, что из всего вместе получилась избушка, плотно накрытая газетами и сверху газет — целлофаном.

А в пятницу днем вдруг приехал автобус. На правом боку у автобуса было написано: «Съемки», на левом: «Останкино». Из дверцы скакнула высокая, полная женщина с сумкой. Лицо ее было немного напуганным, круглым и красным. Но так неплохая, хотя и с приветом.

Старик приподнялся:

— Идите, идите, гостям всегда рады.

Иностранная женщина крикнула что-то свое внутрь автобуса. С подножки его тут же спрыгнули двое: мужик в рваных тапках и девка-красотка. Мужик залопотал по-русски, но так неумело и подобострастно, что ясно любому: приезжий. Девка-красотка заулыбалась сахарными зубами, сказать — ничего не сказала. Видать по всему, не умеет.

— Садитесь давайте, — захлопотал старик, придвигая к ним ящики. — Местов нам хватает. А как же вас звать-то?

Гости осторожно расселись. Мужик в рваных тапках сказал:

— Меня зовут Ричард.

— Куда-а? — огорчился старик. — Такого не знаю. По-русски как звать-то?

Мужик засмеялся и развел руками.

— Григорием будешь, — решил старик. — Ушам хоть не тошно.

— Зачем здесь сидите? — спросил иностранный Григорий.

— Зачем я сижу-то? — загадочно прищурился хозяин. — Затем, что причины имею.

— Какие же это пры-чы-ны?

Старик начал степенно рассказывать историю жизни, бедовую и непростую. Гости внимательно слушали.

— Остался, как есть. Без всего. Ну, думаю: ладно. Пошел я сюда. Здесь у них дерьмократы. — Он хитро посмотрел на Ричарда и подмигнул ему. Ричард испуганно расхохотался. — Устроил жилье. Тепло, ладно. Пишу президенту письмо, пусть читает.

— А вас всё-таки не прогонят? — вежливо поинтересовался Ричард.

— Меня-то? Ни в жисть не прогонят! Куда меня гнать? Я гляжу в корневище!

— В кого вы? — не понял Ричард. — И что это вот: кор-нэ-вы-ще?

— Да что! Корневище! Все вижу. И жисть твою вижу, и все твои дрюки.

Иностранный Григорий окончательно растерялся:

— Мои это... что?

— А то! — И старик крепко хлопнул его по колену. — Мужик ты незлой, книжки любишь. Сынок у тебя непутевый, а баба лентяйка, но ты с ней не очень... Еду уважаешь, и рыбку особо. Еще что? Здоровый. Башка варит важно, но скачешь уж больно. Людей привечаешь, боишься обидеть. Деньжата, бывает, плывут, и большие. Но все больше мимо, поскольку ты, парень, с деньгами не дружишь, транжиришь их много... Совет могу дать. Будешь слушать?

Ричард торопливо закивал головой.

— Ты, милка, на Троицын день, — старик понизил голос и придвинулся своим седым и заросшим ртом к уху Ричарда, — скажи-ка молитву. Сперва на коленочки стань и скажи: «Пречисте,

34

несскверне, безначальне, неисследиме, непостижиме, невидиме, неисследиме, применне, непобедиме, неизчетне, незлобиве Господи! Един имеяй бессмертие, во свете живый неприступном, сотворивый небо, и землю, и море, прошения подаваяй!» Запомнил?

— Ну вот, а про эту что видно? — Ричард указал подбородком на Деби, которая широко раскрытыми глазами наблюдала за происходящим, ни слова не понимая.

— Про эту? — польщенно заулыбался старик.

Лицо его вдруг изменилось.

— Чего я там вижу? — забормотал он, вставая со своего топчана и сильно нахмурившись. — Чего мне глядеть там? Делов еще много... И вам тоже время... Вон транспорт заждался!

Когда же автобус отъехал наконец и солнце, раскалившее донельзя окна Белого дома, укрылось за бронзовой тучей, старик стянул с головы дырявую ушанку и несколько раз торопливо перекрестился:

— Господи Иисусе Христе, Сыне Божий, помилуй мя, грешнаго. Да приидет Царствие Твое, да будет Воля Твоя, яко на небеси и на земли...

Григорий, известный скорее как Ричард, к тому же имел и фамилию: Фурман. Деби познакомилась с ним незадолго до этого лета и очень гордилась, что будущий фильм был в надежных руках. Когда-то, пугливым зеленым студентом, совсем юный Ричард гостил здесь нередко, провел в Москве целую зиму и очень был дружен с ее диссидентами. Теперь, ставши крупным, известным славистом, писателем острых российских сюжетов, таких, как «Убийства в Кремле», «Джозеф Сталин» и запись бесед с сыном Н.С. Хрущева, он так же любил наезжать в этот город, который (казалось ему!) не менялся. Хотя нет, менялся. Бойцы-диссиденты стали раздражительными и болезненными, огрызались на своих боевых подруг, виски у которых подернулись пеплом, а зубы коростой, и не было мира, и не было лада среди этих бывших бойцов-диссидентов. Ушла золотая весна, удалилась.

Теперь приходилось клеймить не советскую власть (она так на так развалилась, бедняга), а прежних дружков, укативших на Запад и там проживавших себе на покое. Всех этих максимовых бывших, синявских, войновичей разных... Да всех не упомнишь. Когда же в Москве появлялся вдруг Ричард, простой и приветливый, преданный дружбе, бойцы-диссиденты смягчались, теплели, долго и простодушно обнимались то с ним, залетевшим, то просто друг с другом, усаживались, как бывало при советской власти, на тесные кухни, нарезали соленых огурчиков, раскладывали селедочку, варили картошечку и под аромат ее, жарко-сладостный, бубнили себе под гитару про платьица белые... И Ричард всегда был душой компаний.

Виктория, доверявшая ему всем сердцем, решила было намекнуть про историю с Петей, про то, что вот Деби грустна, недовольна, но Ричард хитрил, ускользал, слов не тратил. Одно оставалось: сам Петр. Прижать его к стенке. И все! С глазу на глаз. А ну, отвечай мне, предатель! А кто же? Конечно, предатель! Все дело засыпал. Деби спускалась к завтраку погасшая, с красными веками, при виде Петра начинала метаться, работа ее уже не занимала. А он? Да все то же: наморщит свой нос, как у утки, и — деру!

Наконец Виктория не выдержала. День вяло плыл к вечеру, парило, ныло. Асфальт был присыпан, как сахарной пудрой.

— Петяня, — мягко и просто сказала Виктория, чувствуя, что соски ее болезненно напрягаются под прилипшим от душного дня новым лифчиком. — Ты как собираешься жить? В этом новом твоем положении?

— Рожать собираюсь, — мрачно пошутил Петр.

— Дошутишься, Петя! — вспыхнула Виктория. — Она ничего ведь не знает! Она ведь не знает, что ты ведь женился!

— Как это: не знает?

— Откуда ей знать? Где ей? Петя! Ей разве кто скажет? Она у девчонок спросила: один он? Девчонки сказали: «Да, да! Не волнуйтесь!»

Петр со злостью покрутил пальцем у виска.

— Ты, Вика, сдурела!

— Ах, так? Я сдурела? А ты об чем думал? Работу срываешь! Из-за твоего безответственного поведения мы зиму в Москве проведем! Да! На печке!

— А если б не я, так тогда бы что было?

— А если б не ты, был бы Бостон! Лос-Анджелес! Вот что! И съемки в Нью-Йорке! Да мало ли что! Что молчишь? Сам ведь знаешь!

— В постель меня ложишь? От Оли к вот этой?

— Петяня! — Виктория испуганно оглянулась на дверь. — Ты будь подобрее! Ведь любит же, Петя! А женщина — чудо! Ну, что? Не убудет! Для дела, Петяня!

— Заткнись ты! — себе под нос пробормотал оператор. — «Для дела»! Эк, скажешь ты, Вика! Какое тут дело? Короче, я сам разберусь, бляха-муха...

На следующий день события приняли совсем неожиданный оборот. Съемочную группу пригласили в Центральный дом работников искусств, где будет обед, а потом — выступления. У Деби у бедной совсем сдали нервы. Короткое черное платье делало ее стройнее, моложе, но волосы были взлохмачены, веки красны, как всегда. Молчала, курила. И пальцы дрожали. Виктория попыталась выразительно переглянуться с Ричардом, но он отвел глаза, стал пялиться на россиянок. На круглые русские скулы. Такие, как ни у кого. Мог бы — съел бы.

Подавали борщ и мясо в горшочках. Десерт был хорошим и чай — очень крепким. Потом пригласили послушать ансамбль. На сцену выбежало трое парней, костлявых, в цепях, в черных куртках. И с ними — девица. Закована в черную кожу, а скулы такие — что не оторваться.

— Когда нечаянно нагря-я-я-нет, — громко запела она, — пойдем с тобой в лесок, погово-о-о-о-рим!

— И весь лесок, конечно, ста-а-а-а-нет, — подхватили костлявые парни, — вдруг окончательно родны-ы-ы-м!

— О чем это они? — мрачно спросила Деби у Ричарда, стряхивая пепел на краешек блюдца.

— Они? — Ричард перевел на нее взгляд, блестевший совсем по-московски. — Они о любви, но не нашей.

— Какой же? — криво усмехнулась она.

— Они о своей любви, русской. Когда можно, знаешь, укрыться в лесу... на природе... — И тут же запнулся, поймав ее взгляд, удивленный, тоскливый.

— Но есть же мотели, — жалобно сказала она.

— У нас, — поправил ее Ричард. — У них есть природа.

Петр сидел рядом с незнакомой женщиной, закинув небрежно ей руку на плечи. Женщина поеживалась, как будто рука щекотала ее, и вся извертелась, желая прижаться. О чем говорили, никто не расслышал. Виктория рванулась вперед и что-то шепнула Петру прямо в ухо. И сразу же ухо светло покраснело. Петр резко обернулся. Сузившиеся глаза его встретились с черными глазами Деби. Он встал, бросив незнакомую женщину в самом разгаре беседы, подошел к Деби и громко спросил ее:

— Ну? Заскучала? Наелась здесь дряни?

Деби испуганно-радостно посмотрела на него, сдерживая дыхание.

— Обед послезавтра! — громко сказал он. —

В моем личном доме. Я всех приглашаю. К семи. В бальных платьях.

Когда американская съемочная группа уже сидела в автобусе, он вдруг подбежал и вскочил на подножку:

— Башка разболелась! Таблетка найдется?

— Что он говорит? — быстро прошипела Деби, оглядываясь.

— Он просит таблетку, — сдержанно перевел Ричард. — Мигрень. Или спазмы.

— Даю вам таблетка! — закричала Деби. — Имею таблетка! Но в доме, в отеле!

В номере у нее был беспорядок. Вечернее платье, которое Деби собиралась надеть в Центральный дом работников искусств, раскинулось в кресле, как женщина без головы. А Петр был рядом, смотрел исподлобья.

— Ты что? — спросил он ее. — Ты меня полюбила?

— А ти? — ответила она умоляюще. — Тожа лубишь?

— Я тоже, конечно, — пробормотал он. — Такие дела, бляха-муха...

Через час он крепко поцеловал ее в губы, пригладил ее вспотевшие волосы, стал одеваться.

— Зачем ти уходишь? — счастливым голосом

спросила похорошевшая румяная Деби. — Здес будь. И на утро.

— Какое «на утро»? — вздохнул он. — Меня жена ждет.

Деби побледнела так сильно, что лицо ее стало похоже на кусок простыни, но только с губами, с глазами.

— Жи-на? — переспросила она. — А где она есть? Ваша жи-на?

— Жена моя? Дома, надеюсь.

Она зажмурилась и отвернулась. Петр нерешительно помялся на пороге.

— Ну ладно тебе. Я пошел.

Часа через три приключилось несчастье. Сестра Виктории, родной ее кровный близнец Изабелла, имела супруга. Супругом был главный в Москве гинеколог. Бандиты с окраин, пользуясь рассеянностью этого очень тяжело работающего в клинике и постоянно спасающего человеческие жизни врача и доцента, забрались в его незапертую машину, дождались, пока он включил зажигание, приставили к горлу оружие, чтобы...

Короче, наутро раздался звонок. Сестра Изабелла спала, когда он раздался. Уродливый голос (естественно, женский!) спросил гинеколога.

— С ума сошли, девушка? — неприветливо ответила Изабелла. — Куда в эту рань?

— Придется проснуться, — хмуро ответила «девушка». — Где муж-то, хоть знаешь?

— Мой муж? Он на даче.

— Какой еще даче! — Незнакомая громко, с досадой, вздохнула. — Он вот. Сидит, плачет.

— Кто плачет? — вскричала с ненавистью Изабелла Львовна. — Мерзавка и падаль! Сейчас ты заплачешь!

И тут же услышала всхлипывания. Мужские и страшные.

— Белюша! Отдай ты им все, ради Бога! Убьют ведь, Белюша!

Тут слезы закончились, трубка стонала. Изабелла Львовна догадалась, что муж ее, Изя, родной ее муж, весь истерзан и плачет. Вернулась преступница:

— Слышала? «Дача»! Короче, сегодня в двенадцать. Положишь в почтовый. В один конверт двадцать кусков, в другой — тридцать. Запомнила, жучка?

— В один конверт... — погружаясь в темноту и звон, залепетала Изабелла Львовна. — В другой конверт... Сколько?

— Да тысяч же, дура! В один конверт двадцать,

в другой конверт — тридцать! Ну, что? Поняла, недотепа?

И все, провалилась. Ледяными руками Изабелла Львовна набрала сестру.

— Что, Белла? — вскричала Виктория. — Плохо? Кому? Неотложку? Где кобель?

Это было домашнее прозвище Исаака Матвеича, которое сестры обычно использовали в своих переговорах.

— Похищен! — шепнула близнец Изабелла.

Через двадцать минут она, захлебываясь и кашляя, рассказывала примчавшейся на попутке Виктории Львовне подробности дела.

— Так. — Виктория с силой закрыла глаза. — Мне ясно. Подробности есть? Кровь? Детали?

Сестра Изабелла негромко рыдала.

— Мне ясно, — повторила Виктория. — Пытки. В подвале. Сидит на цепи. Я читала. Что думаешь делать?

Изабелла Львовна упала грудью на кожаный белый диван и забилась.

— Какие есть деньги? Физически? Сколько?

— Какие же деньги? Все вложено, Вика.

— Я знаю, что вложено! Сколько осталось?

— Ну, тысяч, наверное, тридцать. Не больше...

— Так. Тридцать, не больше! При вашей зар-

44

плате! Зачем ты кольцо тогда, в мае, купила? Ведь стоило сколько? Шестнадцать? Семнадцать? Эх, Циля-то в Хайфе! Сейчас продала бы!

— Не в Хайфе Цецилия, а в Тель-Авиве, — убито поправила ее Изабелла Львовна. — Когда продавать, если нужно сегодня?

— Так. Тридцать. И шесть от меня. Больше нету. Ремонт сколько стоил? Вот именно! Значит...

Изабелла Львовна тяжелой породистой рукой схватилась за сердце.

— Я знаю! — Виктория вдруг просияла. — Я знаю, кто даст! И не скажет ни в жизни! Поскольку немая! Немая как рыба!

— Да, Господи, кто это?

— Деби! Продюсер! Давай мне словарь! Как там «выкуп»?

Деби на стук не отозвалась. Виктория замолотила энергичней и голос повысила тоже.

— What a hell do you need?[1] — хрипло спросили ее.

— We need you![2] — закричала Виктория. — У нас тут несчастье! Дебуня! Откройте!

Дверь приоткрылась, на пороге выросла Деби с бутылкой в руке.

---

[1] Какого черта вам надо? *(англ.)*

[2] Нам вас надо! *(англ.)*

— О! — на весь коридор удивилась Виктория, но в комнату к ней прошмыгнула.

— Што хочете? — всхлипнула Деби.

Бутылка была от шотландского виски, кровать не заправлена, грязь и окурки.

«Вот вам заграница! — Виктория вся передернулась. — Вот вам! Еще больше свиньи, чем наши!»

Вслух же она ничего такого не сказала, а только лишь громко заплакала:

— Несчастье! Ужасное! Изя! Похищен! Грозятся убить! Нужен выкуп!

Путая английские слова с русскими, она кое-как изложила несчастье. От Деби — ни звука. Сидит, как старуха, и смотрит на люстру. Косыми от этого виски глазами.

— Муж ваши сестра — тоже доктор?

Виктория вся покраснела.

— Не тоже, а именно! Доктор от Бога!

— Нуждаюс лекарствы, — сказала ей пьяная. Пальцем проткнула висок. — Мне нужно здес вот всо лычит. Я болела.

— Лекарство? — взвизгнула Виктория. — Да будет лекарство, Дебуня! Уколы, прививки! Все сделаем! Где мы живем, ну, скажи мне? Какая же это страна! Всех воруют! Пошел человек на работу — и нету! А терпим! Страна наша — тайна! Загадка!

Древнейшая! Терпим! Спасти хоть бы Изю! Но деньги нужны, нету денег, Дебуня!

— А ти не жилаэшь звонить президенту? — зачем-то спросила Дебуня.

— Я? Клинтону? Биллу? — фамильярно удивилась Виктория. — Но он не поверит! И время у вас там другое, там вечер! А деньги нужны нам сегодня, сейчас же!

— У Петья жи-на, — мертвым голосом сказала вдруг Деби.

— Упетья? — не поняла Виктория. — Какая упетья?

— Жи-на, — повторила Деби и сморщилась вся, почернела.

Виктория сжала подругу в объятьях.

— Да разве жена? Да ты что! Дружат с детства. Убрать, приготовить. Мужик, руки-крюки! А любит тебя! Да, тебя! Обожает! Мне сам говорил, врать не станет!

Деби осторожно высвободилась из объятий. Глаза ее вдруг прояснились.

— You need how much? Let me help you. 10 thousand? More? Don't worry[1].

_____

[1] Сколько вам надо? Я вам помогу. Десять тысяч? Больше? Не бойся *(англ.)*.

Ни одна живая душа не узнала, каким таким образом из почтового ящика квартиры под номером 118 вынули два чистых белых конверта. В одном было двадцать, в другом ровно тридцать. И все на валюту. Рублей не просили. Лифтерша Софья Ивановна, мирно продремавшая все дежурство над чаем с огрызком лимона и сушкой, никаких посторонних не заметила, дружелюбно поздоровалась со знаменитым Исааком Матвеичем, который в половине первого ночи вбежал в лифт, похудевший и странный.

В это же время у подъезда гостиницы «Юность» остановилась машина. Две пышные рослые женщины вылезли из нее. И тут же фонарь осветил их.

— Нет слов, — простонала одна, с ярко-рыжей прической. — У нас говорят: «Хиросима! Вьетнам! Войну развязали!» И все вот такое. А я говорю: «Нет! Тут сердце!»

— Good night, — вздохнула другая, брюнетка. — I'll write you a letter sometime[1].

У рыжей глаза поползли из орбит:

— Письмо мне напишете? Что вы! Какое?

— Я ехаю в дом. В свой домой. Уезжаю.

---

[1] Спокойной ночи... Я вам напишу как-нибудь *(англ.)*.

Виктория чуть не упала. Затылок ее закипел, как свекольник.

— Куда? Деби! Как же работа? Ведь только начало! Куда же вы? Деби!

— Имеет жи-на, — упрямо опустив голову, сказала Деби. — И я так хотела.

— Да это не мэридж![1] — Виктория схватилась за виски. — Я вам объяснила! У них не любовь и не мэридж! Партнеры! Он вас обожает!

— Нет, он есть жи-на-тый!

— Но он же погибнет! — Виктория изо всех сил схватила ее за рукав. — Погибнет в разлуке! Without you![2] Вот что! He'll die[3], вот что будет!

Надежда блеснула в глазах бедной Деби.

— Как ты это знаэш?

— Да что мне там знать? Все же знают! И он не скрывает! Дебуня, все знают!

Дебуня прижалась щекой к ее уху.

— Я стану подумать.

И вдруг убежала. Как будто ее догоняют, чумную!

— Нет, ты не уедешь, — бормотала Виктория,

---

[1] Mariage — брак *(англ.)*
[2] Без вас! *(англ.)*
[3] Умрет *(англ.)*

трясясь на сиденье такси. — Как? Проект же. Куда ты уедешь? Все глупости, вот что!

Обед состоялся. Ольга оказалась невысокой и очень спокойной блондинкой. Причесана просто, без всякой косметики. Над левой бровью красивая родинка. И Деби как только вошла в этот дом, так вся сразу обмякла. В хозяйке были терпеливость, приятность. На Петра она смотрела слегка снисходительно, как на братишку, на всех остальных — с теплотой. Кормили прекрасно, изысканно даже. На первое суп, но не борщ надоевший, а нежный, протертый, как в Мэдисон-парке, потом была утка, вся в яблоках, рыба, потом овощной, очень легкий салат и торт на десерт. С земляникой. У Виктории от гордости за такое великолепное угощение и от того, что жизнь повернулась опять своей вкусной и очень приветливой к ним стороной, блестели глаза, нос и щеки. Туфли с кусками леопардовой кожи по бокам она даже скинула, чтобы не терли, пиджак расстегнула. (Поступок с деньгами уже стал известен, на Деби смотрели другими глазами!) Беседа была за столом оживленной.

— Ну, что — перестройка? — кричали гости. — Кому она, лярва, нужна? Перестройка! Одна болтовня, как обычно! Витрина!

Ричард не успевал переводить.

— Я мужу пыталась поставить два зуба! — горячилась сценаристка Шурочка Мыльникова. — Два зуба, и только! Чтоб начал жевать! И знаете, сколько с меня запросили? Я если скажу вам, никто не поверит!

— Да ладно! Что зубы! — перебивали ее. — Без зуба-то можно прожить, а без почки? Вот именно! Друг мой ближайший болел. Срочно нужен диализ. Даем, сколько нужно. На лапу. Пошел. Аппарат не того. Поломан, короче. Все снова. Ну, ждите. И все! Схоронили! Вот так! Почему? Пропущено время! А друг был — ближайший! У вас вот там, в Штатах, бывает такое?

Деби всплескивала руками, чувствуя только одно: горячую крепкую ладонь Петра. Ладонь, опустившись за валик дивана, слегка теребила ей спину. Кончили пировать в половине второго. Над городом таял мерцающий дождь, пахло белым жасмином. Гитара скучала в соседнем дворе и вдруг начинала звенеть, задыхаться. А рядом с песочницей, в детских качелях, повисла, как птица, влюбленная пара. Качнулась, взлетела под самые звезды.

— У вас есть эро-ты-ка, — старательно выговорил захмелевший Ричард. — Ее аро-мад. У нас его нет. И давно нет.

— А что у вас есть? — кокетливо засмеялась Шурочка.

— У нас толко секс. И разных обьязанностей, обьязателств...

— Умеем любить! — выдохнула Виктория. — Ох, умеем! Промышленность всю запороли, все реки засрали, леса порубили, а любим! Умеем! Такой мы народ! Нестандартный!

Оставшуюся неделю провели в чаду и непрерывном веселье. Снимали все, что попадалось под руку, включая московские толкучки и родильные дома. В субботу пришли в новый клуб к новым русским. Наголо обритые, с раздувшимися бицепсами парни кормили приезжих пельменями с водкой. В пятницу по просьбе Ричарда поехали в дом для детей-инвалидов. Директор, похожий на нестеровского отрока, вишнево краснел и слегка заикался. Вместе с детьми он провел экскурсию по дому и саду. В саду были грядки с морковкой и луком. А в комнате игр — два мяча, кегли, карты. Ребята любили играть в подкидного. Потом один мальчик, у которого левая половина головы была вся седой, серебристой («Он видел, как мать убивали!» — шепнул им директор), спел несколько песен, и Деби всплакнула.

Вообще впечатлений хватило надолго.

Наступил, наконец, и последний московский вечер. Арендовали веранду ресторана «Прага», наприглашали кучу народа. Поэт, знаменитый, — не тот, автор «Яблок», а тот, у которого губы запомнили вкус сильных губ Пастернака, поскольку известно, что он, Пастернак (если верить поэту!), услышав стихи молодого поэта, не выдержал мощного юного дара, обнял парня крепко и расцеловался (а губы запомнили все: вкус и запах!), — так вот, знаменитый поэт тоже был, и, конечно, с женой. От Ричарда много пришло живописцев, и, кажется, даже пришел Файбисович.

После закусок молодцеватый официант с раздвоенным подбородком внес на большом неостывшем подносе успевшего мирно заснуть поросенка. На лице поросенка не было ни следа пережитого ужаса, голубоватые глаза его смотрели приветливо, но равнодушно, из детского рта вылезала петрушка.

Петр, как со страхом заметила Виктория, слишком много выпил и курил почему-то одну сигарету за другой. Ольга на бал не явилась.

— Простужена, горло! — буркнул Петр, отводя глаза.

— Господи! — зашипела Виктория, не переставая улыбаться в сторону Деби, гостей и всех прочих. — Я, Петя, не знаю совсем, что мне делать! Мы едем в Нью-Йорк или мы остаемся? Мы будем работать над фильмом? Не будем? Билеты заказывать или не надо? Я, Петя, буквально лишаюсь рассудка!

— Э-эх ты! Бляха-муха! — Петр тяжело придвинулся к Виктории и выпустил весь свой дым сигаретный в ее беззащитную белую шею. — Ведь любит она меня! Слышишь ты? Любит! Весь вечер вчера на плече прорыдала!

И он хлопнул себя по левому плечу с такой силой, что какое-то еле заметное серебристое облачко приподнялось над красивой черной тканью его пиджака и осело обратно. Виктория, вся сморщившись, проводила облачко глазами, закивала сочувственно, но видно было по всему, что волненья ее не оставили.

Петр твердой походкой пересек оживленную веранду, подошел к Деби, стоявшей в окружении московских гостей, взял ее руку, подержал в своих руках, отпустил и, не сказав ни слова, той же твердой походкой пошел прямо к лифту.

Деби заметалась.

— Куда это Пьетр? — испуганно спросила она

54

у Виктории. — Што это? Он болен? What's up? Tell me now![1]

— Он места себе не находит! Разлука! Как жить-то теперь, если ты уезжаешь?

У Деби лицо осветилось вдруг так, как будто луна, просияв над Арбатом, была никакой не луной, а солнцем.

— Но ви же приехать? Снимать наши далше?

* * *

Дом ее ничуть не изменился, все так же громоздился он своей неуклюжестью над синим озером, и деревья шумели по ночам, и странная птица, которую она ни разу так и не видела, но которая неизменно прилетала к ней каждое утро и, прячась в листве, говорила: «Фью-ить!» — эта птица, обрадовавшись тому, что хозяйка вернулась, опять ей сказала под утро: «Фью-ить!»

Со страхом она чувствовала, что все стало другим: и деревья, и люди, и птицы. Вернее сказать, все это было таким, как и прежде, а значит, другой просто стала она. Ей предстояло прожить без него целых два с половиной месяца, но она думала

----

[1] В чем дело? Скажите! (*англ.*)

о нем постоянно, и каждую ночь в ней была его близость.

Пятнадцатого наконец прилетели. Деби вместе с Любой Баранович встречала московских друзей в аэропорту Кеннеди. В составе группы произошли некоторые изменения: Шурочка Мыльникова не приехала, а вместо Шурочки приехал узкоплечий, с завядшими усами Виктор Дожебубцев, про которого Виктория с восторгом сказала немедленно Деби:

— Родной абсолютно и истинный гений!

Поэтов не было, но зато была жена одного из них, особенно знаменитого. Ей хотелось написать про принцессу Диану, которая тогда была еще живой, невредимой и мучила принца, не зная, что ждет ее. Впрочем, не важно.

— Вот это сюжет! — стрекотала Виктория. — Это ведь сказка! И мы вставим в фильм, это будет уместно! Как, с одной стороны, простая русская женщина понимает переживания другой, простой английской женщины (пусть даже принцессы, не важно, не важно!), — и мы, со своей стороны, кинематографисты, возьмем это в фильм, отразим непредвзято, — да это же прелесть! Шедевр и находка!

— А где всо́ же Петья? — замирая от страха, спросила ее Деби.

— Да здесь он! — уронив свою рыжую пышную голову, зашептала Виктория. — Напился, скотина, и спит, отдыхает! А что было делать? Бесплатные дринки! И он: дринк за дринком! Подремлет минутку и дринк, дринк! За дринком!

Осторожно, как арфу, прижимая к себе плохо держащегося на ногах оператора Петра, стюардесса авиакомпании «Люфтханза», массивная, с голубыми глазами, приятная женщина, помогла ему спуститься по трапу. Петр смотрел насмешливо, сам был похудевшим и строгим.

— Ну вот! — сгорая от стыда, повторила Виктория. — Вот я говорю: дринк за дринком!

— Зачьем? — не поняла Деби.

— Зачьем? Как зачьем? — вскрикнула Виктория. — Затем, что страдает! Волнуется слишком! Не выдержал вот напряжения, запил! Он русский же, русский! Мы любим — не шутим!

Петр строго чмокнул Деби в щеку, а Любу Баранович, соотечественницу, расцеловал троекратно. Поехали в гостиницу. Деби, растерянная, сидела рядом с шофером, не зная, плакать или смеяться. Петр дремал, привалившись к окошку. Обедать он не спустился, и Деби начала кусать губы, лицо все пошло сразу пятнами.

— А што Петья йест? — спросила она у Виктории.

— Што йест? — переспросила Виктория. — Ничего он не ест! — Глаза ее радостно вдруг заблестели: — Снеси ему, а? На подносике. А? «Вы, Петя, устали, а я, как хозяйка...» И тут же — подносик: «Покушайте, Петя!»

И Деби пошла. Все, что было на подносике, плотно уставленном едой, — все это звенело, дрожало от страха. Сам страх был внутри ее левой груди. Он бился, как рыба, продавливал ребра. Постучала в дверь колечком на указательном пальце. За дверью — ни звука. Он, может быть, спит? Спит, конечно. Сейчас вот проснется, увидит. Позор! Стоит она здесь, идиотка, с подносиком! Дверь распахнулась. Петр привалился к косяку и смотрел на нее сердитыми узкими глазами. Небритый, опухший, в измятой пижаме.

— Входи, раз пришла! Что стоять-то?

— O! What did you say?[1]

— Входи! Вот ай сэй![2] Любовь будем делать!

---

[1] Что ты сказал? *(англ.)*

[2] What I say — Что я говорю! *(англ.)*

Входи, не стесняйся! — А сам поклонился, как шут.

Она переступила через порог, поставила подносик прямо на ковер.

— Што ты? — прошептала она. — Хочэшь спать?

— Спать? Ну, еще бы! А спать мне нельзя! Я здесь подневольный. Ты что? Не слыхала?

Она смотрела на него испуганно, нежно и, не понимая того, что он говорит, чувствовала нехорошее.

— You need a good sleep, — прошептала она наконец и пошла было к двери.

Обеими руками он схватил ее за плечи и с яростью развернул к себе.

— Ну, нет! Ты постой! Я кому говорю? Они нас под лупой глядят, вот в чем дело! Сошлись мы с тобой, переспали. Ну, так? А им — на кой ляд? Мы решаем. И нечего лезть! Их не просят! А тут? У них тут проект! Кинофильмы, поездки! Видала: говна навезли? Шибзик этот, с усишками, Виктор? Видала? А мне говорят: «Ты там, значит, того... Типа ты не плошай, на тебя, мол, надежда!» А я, что ли, раб? Бляха-муха! Я раб?

— You need a good rest, — повторила она, не

59

делая ни малейшей попытки освободиться из его рук. — You just go to bed, you just go and sleep[1].

Он вдруг зарылся лицом в ее волосы.

— Эх ты! Деби ты, Деби!

— But you... Do you love me or not?[2]

Петр удивленно посмотрел на нее.

— Совсем не врубаешься, да? Ни на сколько?

Она торопливо закивала головой.

— Ну что с тобой делать, а? Что, говорю?

Деби вспомнила Ольгу. Он не знает, что делать, потому что есть Ольга. Нельзя ее так страшно обманывать. Ах, как же он прав! Разумеется, прав!

— But she is your wife... And we shouldn't... Because...[3]

Петр даже крякнул с досады:

— Об чем говоришь? «Вайф» — я знаю: жена. А жена здесь при чем?

Деби видела, что он сердится, и думала, что сердится он именно на Ольгу, вернее, даже не на Ольгу, а на то, что женат, несвободен. Неужели, не будь он женат, пришлось бы прокрадываться к нему в номер с этим подносиком?! Она знала од-

---

[1] Ложись, иди спать *(англ.)*.

[2] А ты... меня любишь? *(англ.)*

[3] Она тебе жена... нам нельзя... потому что... *(англ.)*

но: Петр, как и она, хочет только того, чтобы вместе навек. Она понимала, что он мучается, не может выразить переполнявшей его боли, потому что, будучи человеком достоинства, совести, чести, он, Петр, в таких ситуациях не был ни разу. Ему, с его честностью, невмоготу. А чем она может помочь? Чем и как?

О, вот почему он напился в дороге! Он просто иначе не мог, он ведь русский, а русские пьют от тоски. Это правда.

Она смотрела на него мокрыми от слез глазами, радуясь тому, что не ошиблась в нем, что не одни эти руки, и губы, и бархатный голос она в нем любила, но редкое сердце, и вот поняла даже то, что напился, и все поняла в нем давно, все до капли! Язык им не нужен. Обеими ладонями она неловко повернула к себе его небритое лицо, прижалась лбом к колючему подбородку. Он глубоко, облегченно вздохнул. Чего тут мусолить? И так, в общем, ясно.

* * *

На следующее утро за завтраком Виктория была весела, кокетничала с официантом и очень ждала появления Деби. А Деби все не было. Виктор Дожебубцев, растягивая губами слова и медленно выталкивая их через ноздри, ругал принесенный омлет и особенно кофе.

— Вот я приезжаю в Европу, — намазывая джем на булочку, бубнил Дожебубцев. — Ну, скажем, что в Лондон по делу журнала. Мы начали «Колокол». Дивный журнал был! Ни с чем не сравнимый. Огромные деньги. Нет, чьи, не скажу, догадаться нетрудно. Работы — поверх головы! Плюс Европа. Тут Сотби, там Сотби, прием на приеме. Ни часу не спал. Потому что когда мне? И что бы я делал при ихнем вот кофе? — Дожебубцев брезгливо ткнул пальцем в чашку с кофе. — Какое, позвольте спросить, это кофе? Помои, и все! Вот какое здесь кофе! А там? Там напиток! Короче, Европа. А здесь что? Деревня и быдло на быдле. И мне наплевать, что у быдла есть деньги. Он быдлом родился, умрет тоже быдлом!

Тут как раз и появилась Деби. Разгоряченная, в широкой белой блузе. Дожебубцев галантно поцеловал ей ручку и придвинул стул. Петр вытащил было сигарету, но официант вежливо показал ему знаками, что курить запрещается. Тогда Петр смял сигарету о блюдечко и отвернулся. На Деби совсем не смотрел, и она погрустнела.

— Ну, вот! Наконец-то! Послушай, Дебуня! —

громко, как всегда, заговорила Виктория. — Давайте поедем в Коннектикут, рядом. Там наш бизнесмен проживает. Чудесный! Нельзя пропустить, очень важно для фильма. Ты, в общем, увидишь, сама все увидишь.

Дорога в соседнем с Нью-Йорком штате Коннектикут шла вдоль берега. Вода, похожая на сгустившееся до темно-синего светло-синее небо, была так беззвучна и так безразлична ко всем, ко всему, ее было так много и так равнодушно катились ее мелкие, сменяющие друг друга волны, что делалось грустно: вот мы ведь умрем, мы исчезнем, а это все будет. Волна за волной, и волна за волной, опять, и опять, и опять, и навечно... Особняки прятались в густой, только кое-где покрасневшей и пожелтевшей листве, виднелись их крыши и изредка окна.

— Красивое место, — в усы пробурчал Доже-бубцев. — Огромные, судя, потрачены средства.

Наконец увидели на низкой, сложенной из белых камней ограде выбитое золотом имя: «George N. Avdeeff».

— Он! — задохнулась Виктория. — Он! Это Жора Авдеев! Из нашего класса. Вот тут он живет!

Остановили автобус, по главной аллее направились к замку. Был замок огромен и бел, как корабль, с террасой, похожей на палубу. Посреди террасы стояла высокая девушка в полосатом, черно-желтом купальнике, который издали делал ее похожей на пчелу, поднявшую кверху передние лапы.

— К нам, да? — радостно закричала она низким, пчелиным, прокуренным басом. — Я вас раньше ждала! Это вы нам звонили?

— Ах, Настя, да? Да? — отозвалась Виктория. — Вы Настенька, вы? А я вам звонила! Вы — Настенька Липпи?

— Ну, я. Кто еще? Папка скоро придет. А вы проходите. Сейчас я оденусь!

Вспорхнула, как пчелка, исчезла куда-то.

— Он что? — удивился Дожебубцев. — Он что это, с дочкой живет?

— С какой сщс дочкой? — Виктория от досады на неуместные вопросы скрипнула зубами. — Она так зовет его: папка. Но он ей — жених.

Настенька Липпи очень скоро вернулась в белом пиджачке, шортах из змеиной кожи и золотых туфлях. Волосы ее были заплетены в косы и венком уложены на голове.

— Дизайн от Версаче, — сказала она и с приятным звуком провела по змеиной коже обеими ладонями. — Мне папка сам выбрал.

64

— А выпить у вас не найдётся? — спросил было Петр, но Виктория яростно перебила его:

— Водички, водички! Из крана — водички!

— Зачем же водички? — догадалась умная Настенька Липпи. — Кто любит водичку? Одни пионеры!

Она опять убежала и вернулась не одна, а с милой, упитанной девушкой, у которой расстояние между верхними передними зубами было таким широким, что мог уместиться там целый мизинец.

— Вот это Валюша, — сказала Настенька. — Сейчас мы все выпьем и будем ждать папку, и с папкой обедать.

— Ах, Господи, что вы! — умилилась Виктория. — Какое «обедать»? Ведь мы к вам по делу!

— Нет, нет! Сперва выпьем! — И самоуверенная Настенька захлопала в ладоши.

Расторопная девушка Валентина мигом выкатила откуда-то столик, уставленный винами, водками и коньяками, а сама Настенька опять убежала с многообещающей улыбкой на крепких своих, полных губках.

— Она итальянка? — спросил Дожебубцсв. — Она из семейства прославленных Липпи?

— Зачем итальянка? — темно и сердито зарделась Виктория. — Она с псевдонимом живет. Много лет. Что ж такого?

— Мы — Золотнюки, — простодушно объяснила Валентина. — Отцы у нас — братья, мы с Гомеля обе.

Настенька Липпи вернулась, нагруженная всякой всячиной: сырами, колбасами, орешками, виноградом, кусками снежно-белого и жгуче-черного шоколада, так искусно разложенного на хрустальных тарелках, что жалко было разрушить узор, жалко трогать.

— Так вы здесь живете? — спросила Виктория, тая от счастья.

— Да нет, не все время! — отмахнулась Настенька и закурила тонкую коричневую сигарету, поджав под себя левую ногу, уютно устроившись в кресле. — Валюшка живет и следит тут за домом, а мы все летаем: то в Лондон, то в Канны. У папки дела во всем мире, не скучно. Вот только вернулись недавно. С Таиланда.

— И что там, в Таиланде? — мрачно поинтересовался Петр. — Не жарко, надеюсь?

— Там — классно! — с сердцем ответила Настя. — Житуха там — сказка! И знаете что? Там ведь можно жениться! Жениться на месяц, и все!

И с приветом! Не хочешь на месяц — женись на неделю!

— Что значит: жениться? — не поверила Виктория. — Как это: жениться?

— А все как взаправду. Ты, если турист, например, так идешь в турбюро. И там говоришь им, что хочешь жениться. Они тебе — карточки разные, пленки. Ты смотришь. Потом выбираешь, какую. А хочешь, так двух, если денег хватает. Потом у тебя этот месяц — медовый. Вы ездите всюду. Ну все как взаправду. Захочешь, так даже вас там обвенчают. Потом уезжаешь домой — и с приветом!

Деби вдруг дернула за рукав Любу Баранович:

— Please, Luba, translate it![1]

Смутившись, Люба перевела ей рассказ Насти Липпи. Деби засверкала глазами и приоткрыла рот, как будто какая-то неожиданная, грубая мысль всю перевернула ее. Хотела о чем-то спросить, не успела. В ворота белого замка неторопливо въехал серебристый «Кадиллак». За рулем его сидел средних лет человек в белой майке и очень больших, очень черных очках. Виктория вскочила, стряхивая прилипшее к ней от волненья плетеное кресло.

---

[1] Пожалуйста, Люба, переведи! *(англ.)*

Ну вот! Наконец-то! Сто лет и сто зим!

Приехавший на «Кадиллаке» вылез из него и, поигрывая связкой блестящих ключей, надетой на палец его очень смуглой руки, поднялся на веранду.

— Hello, everybody![1] — сказал он спокойно.

Виктория, думавшая было поцеловаться, поняла, что этого вовсе не нужно, и напряженно засмеялась:

— Совсем не меняешься!

— Really?[2] — удивился он и тут же негромко сказал Насте Липпи: — Настена, скажи, чтоб пожрать, я голодный.

Гости почувствовали себя неуютно, насупились, начали переговариваться между собой. Минут через десять все сели за стол. Хозяин был скуп на слова, неприветлив. К вину, к коньяку не притронулся вовсе. У Деби было такое лицо, что Виктория решила на нее не смотреть и исправить положение собственными силами.

— Георгий! — громко сказала Виктория. Встала, сверкая своей рыжиной в лучах солнца. — Хочу сказать тост. И тебе, и Настюше.

---

[1] Привет всем! *(англ.)*

[2] Правда? *(англ.)*

— А может, не надо? — прищурился George N. Avdeeff.

— Взгляните вокруг! — всполошилась Виктория. — Вы скажете: «деньги»? Нет, дело не в деньгах! Что купишь за деньги? Талант себе купишь? Способности купишь? А сердце? Не купишь! И есть среди люди, среди то есть нас, среди просто нас, есть и люди, такие... — Виктория слегка запуталась, но выправилась и закончила звонко: — За вас, Жора с Настей! За сердце, ум, волю! Про вас надо книги писать, вот что! Книги! И ставить кино, и снимать вашу жизнь!

— Ну, скажешь! — засмеялся Авдеев. Глаза его были спокойны, бесстрастны.

— И я предлагаю начать делать фильм! — заторопилась Виктория. — Пока мы здесь все, мы приступим здесь к съемке, а там ты посмотришь, но шанс очень важный...

— А я чтоб спонсировал, что ли? — поинтересовался Авдеев.

— Please, Luba, translate it![1] — приказала Деби.

Люба неохотно перевела.

— Ну, это вам дудки, — отрезал хозяин. — Не будет вам фильма. Зачем нам светиться? Мы люди простые. Согласна, Настена?

---

[1] Пожалуйста, Люба, переведи! *(англ.)*

В автобусе висело молчание. Оно было таким плотным и крепким, что в него, как в одеяло, можно было завернуть весь Коннектикут. При въезде в Нью-Йорк Деби громко сказала:

— Please, Luba, translate: this is it! It's the end![1]

— Она говорит, — смущенно прошептала Люба, — в общем, это конец.

— Что такое: конец? — забормотала Виктория.

— Как так: вдруг конец? Почему? Что ей вдруг...

Деби отвечать не стала, но губу нижнюю закусила так, что она побелела вся. Вся даже вспухла.

Через час Люба Баранович постучала в дверь Виктории.

— Деби просила передать вам ваши обратные билеты. Автобус будет ждать вас в двенадцать утра. И сразу же — в аэропорт. Захотите остаться — пожалуйста. Гостиница здесь сще будет три дня. Все заплачено. А Деби сама улетает.

Виктория, бледная, рухнула в кресло.

Ну, вот! Так и знала! Вся жизнь — как под поезд!

Люба слегка погладила ее по плечу:

— Зачем вы так, Вика? Зачем вам Авдеев? Ведь ей унизительно. Что, вы не знали?

---

[1] Люба, пожалуйста, переведи: все, конец! *(англ.)*

— Что ей унизительно? — Виктория подняла на Любу тихие красные глаза.

— У вас с ней проект. Она спонсор. А вы! То это вам нужно снимать, то другое! У вас свои цели, Вика, но ей неприятно. Представьте себя в ее шкуре...

Виктория так и взвилась:

— Что представить! У нас шкуры разные, Любочка, вот что! Да, я не скрываю: пусть даже Авдеев! Поеду к Авдееву и не унижусь! Мне надо всю группу кормить, вы не знали? Не будет работы, мы ножки протянем! У всех, Люба, семьи, у всех, Люба, дети, и нам не до жиру! Мы в шкурах-то разных!

— И что теперь будет? — задумалась Люба.

— Откуда я знаю? — Виктория вся стала серой и старой. — Начальство, конечно, налупит по шее, отменят поездки... Еще что — не знаю...

— А может, пойти к ней?

— Для чего я пойду? Мы ведь с ней незнакомы! Так, только для виду: «Ах, Вика! Ах, Деби!» Откуда я знаю, что в ней там, в потемках? Другая ментальность, другие привычки... Нет, я не пойду...

Лицо ее, серое, старое, вдруг изменилось. Судорога прошла по нему, и когда она снова взглянула на Любу, то Люба ее не узнала: Виктория стала совсем молодой, сияющей, сильной, взволнованной, вечной. Телефонная трубка в ее руке казалась микрофоном, в который вот-вот хлынет громкая песня.

— Петяня! — сиреною пела Виктория. — Слушай, Петяня! Ты должен спасти нас!

— Пошла бы ты, Вика...

— Нет, я не пошла бы! Пойдем мы все вместе! И скоро, Петяня! Билеты на завтра. Сейчас же звони ей и сам все исправишь!

— Нельзя же так, слушай! — Но голос его был совсем не уверенный.

— Нельзя по-другому, — обрубила Виктория. — Ты знаешь, Петяня, в какой мы все жопе?

И бросила трубку. Как будто гранату.

* * *

За завтраком все встретились как ни в чем не бывало. О буре вчерашней никто и не вспомнил. Снимали в Нью-Йорке, удачно и много, все время смеялись. Наткнулись случайно на двух африканцев. Один был разболтанным, как на шарнирах, в большом колпаке на лиловых косицах.

— Иисус был с Гаити! — кричал он гортанно. — Они все наврали! Он был гаитянином, мы это знаем!

— Вот это монтаж! — с трудом перекрикивала его Виктория. — Вот это находка! Берем мы его, а навстречу — церквушку! И в ней — чтоб икона! Христа вместе с Мамой! Простую церквушку с Двины или с Волги! И мысль такая: все люди едины!

— Ну, Вика, ты гений! — захохотал Петр, обхватив Деби за плечо правой рукой, прижавшись к ней дружески-крепко и нежно. — Конечно, едины! На то мы и люди!

В четверг, уже перед отъездом в Бостон, Деби вдруг обратила внимание, что у молоденьких ассистенток Виктории, Наташи и Леночки, зубы... не очень...

— И как они замуж? — спросила она у Виктории. — Им всо так вот важно.

— Да, Господи, зубы! — вздохнула Виктория. — В зубах нет проблем, есть проблемы другие!

— Но нада лычит их, — решила Деби. — У доктора Мая.

Зеленовато-смуглый доктор Май, у которого китайский акцент был почти незаметным, а пальцы, как змейки, во ртах пациентов творили свое волшебство и искусство, увидевши зубы Наташи и Лены, был очень расстроен.

— Большая работа, — сказал доктор Май озабоченной Деби. — И деньги большие. И я сожалею.

— Что? Очень большие?

— Да, тысяч так восемь...

— За каждую?

— Нет, ну зачем? За обеих.

Виктория, почти каждую ночь звонившая в Москву близнецу Изабелле, позвонила и после визита их к доктору Маю.

— Не спрашивай, Белла! Опять новый ужас. Зубной! Лечит зубы. Наталье и Ленке. За темные тыщи.

— Зачем?

— Я не знаю. От придури вечной. Сказала китайцу: «Заплатим. Лечите». И все. Теперь лечат!

— Она что, больная?

— Не знаю.

— Послушай! А как у них с этим?

— Прошу тебя и заклинаю, — ледяным тоном произнесла Виктория. — Об этом не надо. Здесь речь о страданьях. О муках здесь речь. И о смерти. Да, смерти.

Беда в том, что, увлекшись разговором с сестрой, пылкая Виктория почему-то вспомнила о смерти, хотя ничего ее не предвещало и солнце в Бостоне светило, как летом. Последняя неделя (и то дополнительная, из-за лечения!) уже подходила к концу. Конечно же, Деби ждала, что он скажет: «Когда мы увидимся?»

Петр молчал. Тогда, отчаявшись, Деби обратилась к невозмутимому Ричарду:

— Ты так знаешь русских! Ты их разгадал! Спроси у него, что он думает делать.

При всем своем уме Ричард был падок на похвалу, особенно если касалось России. Перед последними съемками он подошел к Петру, похлопал его по плечу и сказал:

— А вот, может быть, вечерком и дэрабнэм?

— А что? И дерябнем! — сказал ему Петр.

Дерябнули. Съели по скользкой маслинке.

— Старик! Тебе сколько? Полтинник-то стукнул?

— Полтинник и пьять, — сознался польщенный Ричард. — И даже вот шест будет скоро.

— И как? Старость чуешь?

— Пока ешо нет, — испугался Ричард. — А ты разве чуэшь?

— А хрен его знает! Тоска, что ли, тут. — И Петр ткнул в грудь и в живот ниже сердца. — А может, кишки... Я и не разберу. А ночью, бывает, проснусь: тянет, тянет...

— И всо-таки жутко?

— Ага. — Лицо у Петра стало темным, сердитым. — А ну как помру? И к червям, на закуску?

С одной стороны, то, что разговор сразу принял такой вот карамазовский поворот, Ричарду, специалисту по русской литературе, весьма даже льстило. Это доказывало правоту того утверждения, что он — русским друг и ему доверяют. С другой стороны, он все-таки не ожидал подобного поворота и привык думать, что на такие темы можно разговаривать исключительно в рамках культуры. О смерти успели подумать другие. Такие, как Данте, Шекспир, скажем, Фолкнер. Из русских, конечно, Толстой, Достоевский. Но так вот сидеть и вдвоем о ней думать? За рюмкой и в баре? Да стоит ли, право?

— Зачем же к чэрвьям? — погрустнел Ричард. — И к тому же так скоро? А лучше вот так, как вот у самураев.

— А что самураи?

— А вот самураи! Они утром встанут и вспомнят про смерти. И так каждый день. Это вот как зарьядка. И вот: им не страшно.

— А, умные черти! — согласился Петр. — Глазенки косые, а все понимают...

Про Деби не вспомнили, не получилось.

* * *

В пятницу останкинская команда улетела в Москву. Дожди зарядили, как будто дорвавшись — до леса, до луга, до крыш и до окон. Они так стучали, шумели, так темен стал мир под дождями, что птицы замолкли. Остались лишь чайки и стали метаться: где рыба? Где рыба? О, голодно! Страшно!

Деби чувствовала, что ей среди чаек, одной, с этим небом, уютней всего. Она стала подолгу бродить по берегу в тяжелом матросском плаще с капюшоном, большими шагами, и думала, думала. Сейчас нужно было дождаться звонка. Понять: ждут ее там, в Москве? Когда ждут? Или лучше не ехать? Оставить как есть? При одной этой мысли кровь закипала, и все дурное, мстительное, все, что она пыталась подавить в себе, вырастало из нее так, как из спокойного океана вдруг — р-р-раз, вы глядите! — волна за волною.

Виктория ей не звонила. Ричард зарылся в свои дела, собирал материалы к новой книге «Такой тихий Троцкий», к телефону не подходил. Люба Баранович была занята на работе, к тому же еще двое детей, муж и мама. Но именно Любе-то и позвонила наконец жалкая, убитая горем Виктория Львовна.

— Ой, Любочка! Ужас! Петяня в больнице. Как гром среди ясного. Не ожидали. Сидел себе дома, смотрел телевизор. Вдруг дикие боли с заходом в лопатку. Доставили в «Скорую». Изя поехал немедленно, сам, все устроил. Мы глаз не смыкаем. Все хуже и хуже. Как Деби-то скажем? Что делать-то, Люба?

— Вы, Вика, о съемках?

— Не только о съемках! Ведь если, — не дай нам! — ведь если он, Люба...

— Так я расскажу ей. Сама пусть решает.

Услышав, что Петр в больнице и плохо, конечно же, Деби сказала, что едет. Летит на Swiss Air. Немедленно, завтра.

— А я бы не стала, — заметила Люба

— Что значит: не стала? А что же мне делать?

— Тебе? Только ждать. Что еще можно сделать? Там Ольга, наверное, в больнице, неловко...

— Ах, Ольга! — Она заскрипела зубами. — Конечно же, Ольга! А я кто? Приеду. Жена из Таиланда? Зачем я нужна? Там законная! Ольга!

Такая ненависть была в ее лице, столько гнева, сквозь который пыталось наружу пробиться несчастье, к которому Деби была не готова, что Люба решила молчать: пусть, как хочет.

* * *

В Москве было скверно. Дождь, снег, грязь и темень. Когда же Петра сквозь огни с чернотою помчали в больницу, и он, весь в поту, задыхался от боли, и парень, медбрат, от которого пахло то йодом, то спиртом, а то сигаретой, сказал тихо Ольге: «Садитесь в кабину», и Ольга, в халате, в накинутой шубе, белее, чем снег, села рядом с шофером, — одна только мысль уколола, успела: «Не зря я тогда про стакан-то с водой...»

В пять часов вечера Ольга подловила в больничном коридоре врача. Он только закончил обход.

— У мужа всегда были камни.

— Где камни?

— Он мне говорил: камни в почках.

— При чем здесь, что в почках?

— А это другое?

— Боюсь, что другое. Пока мы не знаем.

— Другое? — осипшим шепотом переспросила она.

— Ведь я же сказал: мы пока что не знаем!

И доктор, раздраженно возвысивший голос, хотел захлопнуть за собой дверь ординаторской. Ольга ухватила его за рукав зеленого халата:

— Послушайте! Что это?

— Рак, вот что это, — буркнул доктор. — По первым анализам и по симптомам.

— О, Господи! Рак! Да откуда же? Разве... — Она вдруг заплакала и пошатнулась.

— Вот плакать не стоит, — угрюмо пробормотал доктор. — Вам сил так не хватит. А силы нужны. Для него. Нужны силы.

Через неделю Петра собрались выписывать.

— Спасибо болей нет, — сказал тот же доктор. — Ремиссия. Будут! Тогда только морфий. Но это недолго.

— Но он же так верит, что с ним все в порядке, что эти уколы...

Доктор потрепал ее по руке:

— Они все так верят, такая защита. Родные-то есть? Кроме вас? Мать там, дети?

— Нет, мать умерла. И детей тоже нет.

— Вы, значит, одна? Ну, держитесь.

Накануне выписки в больницу приехала Виктория, внесла с собой облако снежного воздуха и начала доставать из большой своей сумки кульки и пакеты.

— Теперь тебе надо разумно питаться. Теперь не до шуток. Ведь что мы едим? Мы едим тихий ужас! Что яйца, что куры — одни химикаты! А эта свинина, баранина эта! Их в рот нельзя взять.

Лучше б просто гуляли! Паслись бы себе на приволье, чем есть их! Травиться, и все! Ни уму и ни сердцу! Сегодня пошла я на рынок. Со списком. И вот принесла. Понемножку, но прелесть! Разумно, спокойно, без гонки. Со списком. Смотри: вот яичко. Какое яичко? Ты думаешь: просто? Яичко, и все тут? А это: ЯИЧКО! Свежей не бывает! Берешь его в руки и внутренность видишь. И есть его можно — тебя не обманут. А это вот творог. Крупинка к крупинке! Смотрю, продает его женщина. Руки! Буквально Джоконда! Все чисто, все с мылом! А то вот на днях покупаю картошку. Смотрю: она писает! Баба-то эта! Картошку мне взвесила и пис-пис-пис! Дает, значит, сдачу, сама: пис-пис-пис! Ну как же так можно? В рабочее место!

Петр криво улыбнулся. Виктория выразительно посмотрела на Ольгу.

— А фрукты, конечно, обдать кипяточком, — пропела она, приподнимая над кроватью кисть прозрачного, словно стеклянного, винограда. — Пойдем с тобой, Олечка, и обдадим.

В коридоре она остановилась и всплеснула руками:

— Ой, Олечка! Ой-ой-ой, Оля! Его не узнать! Ведь это не он же, не он это, Оля! Ведь надо спасать! Ведь спасать его надо! Чего же мы ждем-то! Ведь чуда не будет!

— И как же спасать? — прошептала Ольга, не поднимая глаз.

— А как? Есть два плана. И оба прекрасных! Я все просчитала. Во-первых, народ. То есть их медицина, народная, древняя, вечная, Оля! У нас тут, в Сокольниках, рядом, — целитель! Его разыскали буквально случайно. Был найден в лохмотьях, в коробке, без пищи! И лечит людей, чудеса вытворяет. А денег не нужно. Поесть, ну, одежду. И все! Не берет ни копейки. Вот план. Это — первый.

— Какой же второй?

Виктория чуть покраснела, запнулась:

— Второй: заграница. Америка, в общем.

— С какой это стати?

— Ну, как же? Там Деби. С деньгами. И, в общем...

— Любовница, в общем, — перебила ее Ольга. — Еще предложения есть? Или хватит?

Виктория вспыхнула так сильно, что слезы выступили на глазах.

— Ты глупая, Оля. Сейчас не до жиру...

Вернулись в палату. Петр неподвижно лежал

на спине и, не обращая внимания на громко работающий телевизор, смотрел в одну точку.

— Петяня, — преувеличенно бодро спросила Виктория, — поедешь в Америку? Я все устрою.

Петр мутно и безжизненно посмотрел на нее.

— Опять, что ли, зубы лечить? — И тихо, через силу, засмеялся.

С зубами действительно вышла нелепость. Добросовестный доктор Май, поставив временные пломбы Наташе и Лене, объяснил Деби, что теперь должен увидеть их не позже чем через двадцать дней, и с тем они обе покинули Бостон. Будучи чуткими и застенчивыми девушками, Наташа и Лена не звонили Деби и не напоминали ей о словах терпеливого доктора Мая. А Деби, конечно (в горячке, в тревоге!), об этих зубах — ей чужих — позабыла. И выпали пломбы, и все развалилось. В последний месяц Наташа и Лена питались одной манной кашей, и то с дикой болью. Наконец не выдержали и побежали в стоматологическую поликлинику неподалеку от метро «Проспект Вернадского». Услышав, что их полечили в Бостоне, большая, с пушистыми, как персики, щеками врачиха потеряла ненадолго дар речи, выскочила из кабинета и вернулась не одна. Пришли два хирурга и все протезисты.

— Ну, вот, — с наслаждением залезая крючком в чернее, чем сажа, дупло бедной Лены, сказала врачиха. — Вот как их там лечат! А мы разбирайся! На нас все их шишки! А что мы здесь можем?

Петр, вспомнив про эту историю, просто шутил. Однако Виктория разгорячилась:

— Не надо принцесс из себя было строить! А надо спокойненько взять, позвонить: вот так, мол, и так. Мы вам напоминаем, что был уговор, чтоб вернуться к вам в город. Нам доктор, который лечил, он китаец, велел, чтоб не позже конца ноября. Поэтому просим сказать ваши планы. Питаемся жидкостью, спим очень плохо. И все! И порядок! Никто не в обиде!

В субботу днем на квартиру к Петру привезли народного целителя. Окажись там, в этой квартире, Деби или Ричард, они, без сомнения, узнали бы в этом крепком, разрумянившемся от холода старике того самого, заросшего седыми кудрями бомжа, которого встретили летом у Белого дома. Бомж, однако же, неузнаваемо переменился. Высокий, чистый, с аккуратно подстриженной серебряной бородой и слезящимися после улицы глазами, в новом добротном ватнике и пегой ушанке, он, войдя в столовую, первым же делом перекрестился на приобретенную Петром и только что отреставрированную икону. Петр, слабый, на странно тонких, словно бы вытянувшихся ногах, со своим обтянутым сухой кожей лицом, вышел ему навстречу. Старик низко поклонился ему.

— Что мне-то вдруг кланяться? — усмехнулся Петр. — Я что, государь император?

— А я не тебе, — спокойно возразил целитель. — Болезни твоей. Испытанию Божью. Ступай ляжь на койку.

— Пижаму снимать?

— Да какую пижаму? У доктора сымешь. А я сквозь пижаму гляжу. Ляжь спокойно. — И несколько раз провел медленными, немного дрожащими руками над телом Петра. — Тягают кишки-то?

— Тягают, — испуганно повторил Петр и закашлялся.

— Ну, так, — подождав, пока он утихнет, сказал старик. — Гнили много. Она и тягает тебя, гниль-то эта.

Петр почувствовал, что тепло, идущее от стариковых рук, проникает как-то слишком глубоко, прожигает его, так что голова начинает кружиться и все, что есть перед глазами, приподнимается и повисает в воздухе.

— Давай вспоминай, — сурово сказал старик. И опять повторил: — Гнили много.

— А чего вспоминать?

— Как чего? Жил ведь ты? И сам, и с людьми. Работал, ходил. Кого обижал? Кому врал с пьяных глаз? Скольки деток соскреб?

— Каких еще деток соскреб? — испугался Петр.

— Таких, — спокойно сказал целитель. — У тебя по молодому делу два мальчишечки были. А ты не желал. Покрутил да убег. Молодуха пошла к докторам, да — ножом! Так вот дело. Еще. От другой. Там-то дочка была. Тоже, значит, ножом. Потом мать. Ну, что мать? Хворь на хвори. Одна. Ты все тут, она там. Терпит-терпит. А ждет: может, свидимся? Нет. Больно занят. Куда! Так не свиделись. Ну! Мать в гробу выносить — тут и ты! Я, мол, раньше не мог! Самолет не летел! А наврал. Ух, наврал! Много, парень, ты врал.

Петр опять закашлялся. Старик пожевал губами.

— Продышись, — сказал он негромко. — Продышись и лежи. Я молитву скажу.

Он медленно перекрестился и вытер свои слезящиеся глаза рукавом.

— Боже духов и всякия плоти, смерть поправый и диавола упразднивый, и живот миру Твоему даровавый, отнюдуже отбеже болезнь, печаль, воздыхание, всякое согрешение, содеянное им, словом или делом или помышлением, яко благий человеколюбец Бог прости, яко несть человек иже жив будет и не согрешит: Ты бо един кроме греха, правда Твоя, правда вовеки и Слово Твое истина. Яко Ты еси воскресение и живот.

Петр со страхом смотрел на него, серое лицо его мелко дрожало.

— Говори за мной, — приказал старик. — Проси Его. Божья воля на нас. Господи Исусе Христе Боже наш, мир Твой подавый человеком и Пресвятого Духа...

— Господи Исусе, — вдруг в голос зарыдал Петр. — Ты прости меня, Господи!

Рыдание сорвалось, и тяжелый, переходящий в свист кашель опять затряс все его худое, сжавшееся тело.

— Поплачь, — мягко и нежно сказал старик, словно Петр чем-то растрогал его. — И страх твой слезьми выйдет, парень, поплачь.

— Помираю я, дед? — прошептал Петр

— На все Его воля, — торжественно сказал старик и перекрестился. — Сказано в Писании: «Где сокровище твое, там и душа твоя будет». На все Его воля.

Он сел рядом с Петром, крепко обхватил его

за плечи и изо всех сил прижал к себе. Лицо его стало восторженным и кротким:

— Господи, не лиши мене небесных Твоих благ. Господи, избави мя вечных мук. Господи, умом или помышлением, словом или делом согреших, прости мя. Господи, избави мя всякого неведения и забвения, и малодушия, и окамененного нечувствия. Господи, избави мя от всякого искушения. Господи, просвети мое сердце, ежи помрачи лукавое похотение. Господи, аз яко человек согреших, Ты же, яко Бог щедр, помилуй мя, видя немощь души моея. Господи, пошли Благодать Твою в помощь мне, да прославлю Имя Твое Святое. Господи Иисусе Христе. Напиши мя раба Твоего в книзе животней и даруй ми конец благий. Господи Боже мой, аще и ничтоже благо сотворих пред Тобою, но даждь ми по Благодати Твоей положити начало Благое. Господи, окропи в сердце моем росу благодати Твоея. Господи небесе и земли, помяни мя грешнаго раба Твоего, скуднаго и нечистаго, во Царствии Твоем. Аминь.

Петр перебирал губами, стараясь поспеть за стариком, но чувствовал при этом, что страх его уходит, становится маленьким и ничтожным пятнышком на том огромном и светлом, что, невидимое, обступает его со всех сторон и принимает в себя. Он чувствовал, что с каждым словом старика сила его прибывает, но это была не та сила, которую он так желал еще час назад, когда ждал прихода этого старика и с трудом заставлял себя съесть сваренный Ольгой суп, — та простая физическая сила казалась ему теперь ненужной и смешной по сравнению с этим, новым, сияющим, чему не было имени, но от чего все его тело наполнялось каким-то свободным дыханием.

Ольга все то время, пока старик был с Петром в столовой, просидела на кухне, уставившись сухими глазами в окно, за которым только что перестал идти снег, и особенно чистой и белой была заметенная им земля с изредка вспыхивающими то там, то здесь ярко-желтыми искрами. Когда же, проводив старика и простившись с ним, она неслышно вошла в столовую, то увидела Петра, спокойно сидящего в кресле и новым, спокойным и тихим взглядом встретившего ее.

— Ну, как тебе? Что? — спросила она.

— Оля, ты это все раньше ведь знала? — странно сказал он.

— Что я знала? — удивилась она.

— Ну, это. Все ЭТО.

Он взял ее руку почти невесомыми бескровными пальцами, прижал ее к своим губам и поцеловал.

* * *

В три часа ночи Деби разбудил звонок. Сначала был грохот и шум, потом чей-то голос по-русски сказал: «Я к матери только и сразу домой». На что другой, звонкий голос ответил: «Смотри там, не пей!» Деби хотела было уже положить трубку, но тут наступило дыхание Петра, которое она узнала сразу же, в ту же секунду, хотя это было всего лишь дыхание.

— О, Петья! — закричала она.

— Да, я, — тихо сказал он. — Ну, милая, здравствуй.

— Ти больно?

— Да нет, мне не больно. Я, в общем, о'кей.

— I love you![1] — не выдержала Деби, переходя на английский, потому что уже плакала и чувствовала, что не может говорить.

— Я тоже, — еще тише сказал он и замолчал. Потом прошептал: — Ты прости.

— I love you, — не понимая, не слыша от слез, повторила Деби.

В трубке вдруг резко загудело, и голос чужого сказал ей по-русски: «Абонент отключен».

Еле дождавшись утра, Деби позвонила Ричарду

---

[1] Я люблю тебя! *(англ.)*

и стала умолять его устроить в Нью-Йорке просмотр тех кусков совместного с русскими фильма, которые были готовы к показу. Добиться какого-то отклика в прессе и с этим поехать в Москву. Доработать. Ричард понял, что она хитрит и ей нужен просто предлог для поездки, но спорить не стал и, вздохнув, согласился. Через несколько дней смонтированные фрагменты совместного фильма показали в студии независимых нью-йоркских продюсеров. После просмотра независимый продюсер Деби Стоун пригласила собравшихся в ресторан «Арарат».

И там, в «Арарате», жгли бешено жизнь. Столь бешено жгли, что казалось: так нужно, что все остальное (что вне «Арарата»!) всего лишь насмешка над истинной жизнью. Во-первых, там ели и пили. Подолгу. Потом говорили. Потом снова ели. Потом снова пили. Потом целовались. Потом приносили торты, гасли люстры. Потом снова пели. Потом целовались. Потом много пили. Потом еще пели.

Маленький, с очень крепкими, немного кривыми ногами певец вышел на возвышение сцены, расстегнул свою и без того расстегнутую наполовину белую рубашку и, обнажив свою очень мохнатую грудь, встал так, будто вскоре он будет расстрелян.

— Рудольф! — радостно крикнул кто-то за соседним столом. — Давай, милый, нашу, казацкую!

Рудольф согласился, кивнул. Мохнатая грудь покраснела немного, глаза заблестели. И весь он стал выше.

— Только пуля казака во степи догонит, только пуля казака с ко-о-о-ня собьет! — свирепея, пел Рудольф, и тут же соседний весь стол подтянул, помог этой песне стать громче, пышнее.

Когда же на место Рудольфа пришла молодая, с толстой косой, с белой грудью, и тоже запела, но мягче, нежнее, старинное что-то и сердцу родное, тут даже и Ричард не выдержал.

— Всо здес замэрла-а-а до утра-а-а, — прошептал он и, словно бы сдавшись, поднял кверху руки.

Потом были танцы. И Деби смеялась, плясала, махала расшитым платочком.

Вернувшись на следующий день домой, в Бостон, Люба включила свой автоответчик, который дымился от крика Виктории.

— Беда у нас! Ужас! Он умер, скончался!

Люба немедленно набрала Ричарда:

— Ты знаешь, он все-таки умер. Звонили...

— А! Всо-таки умер! — расстроенно повторил Ричард. — Я это прэдчувствовал. Ты ей сказала?

— Я лучше поеду, — решила Люба. — Так лучше, наверное.

Но, пока она собиралась, Деби почему-то позвонила сама, сказала, что завтра закажет билеты.

— I have a bad new, — испуганно перебила ее Люба

— You have a bad new? What is it?[1]

— He died. Deby, listen...[2]

Но трубка молчала. Люба стала что-то говорить, потом стала дуть в эту трубку, как дули когда-то, когда появились на свете первые телефоны и люди не все еще в них понимали, но трубка молчала. Какой-то странный холод исходил из ее безразличного черного существа, хотя в нем минуту назад била жизнь. Испуганная Люба села в машину и поехала. Дом Деби был темным, и даже фонарь не горел у подъезда. Люба нажала на звонок, потом начала стучать в дверь. Никто не открыл ей. Она застучала сильней, закричала. Откликнулась птица, и то безразлично. Люба посмотрела вверх и увидела очень высоко над собой совсем уже зимнее, странное небо с осколком лица, узкоглазым и дымным. Она догадалась, что это луна, стало страшно. Обойдя дом с тыльной стороны, Люба нащупала боковую дверь, ве-

---

[1] Плохая новость? Какая? *(англ.)*

[2] Он умер. Деби, послушай... *(англ.)*

дущую в подвал, которую Деби никогда не запирала. Ощупью спустившись в подвал по кривой темной лестнице, Люба наконец-то зажгла свет и по другой, уже нормальной лестнице пошла из подвала на кухню. По дороге она вспомнила, что Деби всегда отдавала собаку и кошку старухе-соседке, когда уезжала куда-то. А значит, их нет! И поэтому тихо. В кухне было темно. Люба зажгла свет, прошла кабинет и гостиную. Пусто. Она вошла в спальню. Там тоже не было никого, но за дверью ванной комнаты тихо журчала вода. Люба толкнула дверь, дверь открылась. Маленькое окно ванной пропускало свет. Вернее сказать, пропускало немного седой белизны, того лунного дыма, который и плавал на небе в тот вечер. Сквозь дым можно было разглядеть Деби, которая стояла в налитой водой большой своей ванне. Стояла, как будто ее приковали. На нее была накинута купальная белая простыня, а под простынею — ни капли одежды.

— Деби! — прошептала Люба, боясь, что сейчас потеряет сознание.

— А, ти! — сердито сказала Деби. — Зачэм ти! Одна. Я одна. Петья мертвый. Я стала одна. Уходи. Мне не надо.

— Деби, — заплакала Люба, — ну, что ты? Ну, выйди из ванны хотя бы! Ну, Деби!

Деби медленно вылезла, накинула халат. Тут только Люба заметила, что лицо ее расцарапано до крови.

— Что это? — пробормотала она, указывая на царапины.

— Я делала так вот. — Деби показала, как она царапала себе лицо. — Так лучче. Так больно. Так лучче, как больно. He left me, you know?[1]

— I know[2]. — И Люба, плача, обняла ее. Деби стояла неподвижно, как каменная. — You have to relax. Listen, Deby...[3]

* * *

В Шереметьевском аэропорту их встретил Володя Кислухин, шофер из «Останкино».

— Виктория Львовна сказала, чтоб вас прямо в церковь везти. Сейчас только начали. Надо бы успеть.

Мокрый снег сыпался на машину, Москва была блеклой, унылой, размытой, за окнами стыл нере-

---

[1] Он бросил меня, знаешь? *(англ.)*

[2] Знаю *(англ.)*

[3] Ты успокойся, Деби, дослушай... *(англ.)*

шительный свет. Подъехали к Ваганьковскому кладбищу. Прошли мимо замерзших, закутанных в платки старух, разложивших бумажные цветы на раскисших от снега газетах. И мимо собаки, бережно грызущей серебристую от холода кость у конторы. И мимо двух нищих с высокими лбами. И мимо деревьев, и мимо колонки.

И вот она, церковь. И он в ней. Успели.

Ни на кого не обращая внимания, она протиснулась прямо к гробу и низко наклонилась над ним. Умерший, заваленный цветами, был нисколько не похож на Петра. Особенно странной выглядела неровная щеточка седины в его аккуратно причесанных темных волосах. Кто-то, кто, наверное, причесывал Петра перед тем, как его здесь красиво положат во гроб и украсят цветами, не знал и не мог знать, что Петр всегда ее прятал, свою седину, и не делал пробора.

Деби пристально смотрела на него. Все, кто пришел с ним проститься, думали, что это он, поэтому они плакали, гладили его руки и в лоб целовали его. Но там его не было. Петр ушел. В гробу, под цветами, была пустота. Громко дыша, она почти прижалась лицом к тому белому и неподвижному, что прежде было его лицом, и от ее дыхания его неплотно сомкнутые ресницы слегка задрожали. Она не поцеловала его, как это делали остальные, не дотронулась, но продолжала смотреть, словно продолжая надеяться на самое великое чудо, которое должно было произойти в ее жизни. Он должен был узнать ее и хоть на секунду, на долю секунды, вернуться. Проститься. Тогда бы она улетела спокойно. Но он не вернулся. Она задержала дыхание, чтобы проверить, что будет с ресницами. Нет, неподвижны. Все, все неподвижно! И все ледяное, пустое, — ушел!

— Ти где? — спросила она наивно и тут же поправилась, потому что теперь можно было обратиться к нему на любом языке. — Where are you, my sweetheart?[1]

Виктория, жалобно сморщившая свое густо напудренное и ярко-красное под пудрой лицо, обняла ее и хотела было отвести от гроба, но Деби, не отрывая глаз от того, что казалось Петром и что не было им, оттолкнула Викторию. Она все ждала: вдруг хоть крошечный знак? Хоть что-то, за что можно будет цепляться всю жизнь и прожить так, цепляясь?

Но нет, ничего, ничего. Его нету. Ушел, опоздала, прости. Опоздала.

---

[1] Где ты, любимый? *(англ.)*

* * *

В гостинице «Савой» заканчивали завтракать. На ломких белых скатертях валялись остатки булочек, розовела в утреннем солнышке яичная скорлупа, и долька лимона, упав прямо на пол, привела к тому, что молодой неразборчивый официант со своей прилизанной и маленькой, как у аиста, головой едва не упал, поскользнувшись на дольке.

После вчерашних похорон промерзшая на кладбище Люба Баранович никак не могла заснуть и наконец задремала, когда над Москвою затеплилось утро. И тут, как всегда, позвонила Виктория.

— Я здесь, Люба, тут, я и не уезжала. Ведь как это было вчера? Вы ушли. К себе, отдыхать, мы остались с Дебуней. Смотрю на нее: вся дрожит. Как овечка. Ну что, говорю, мол, теперь? Все там будем. Его не вернешь, мол, а вы отдохните. Приходим к ней в номер. Дрожит, как овечка. К окошку подходит и смотрит куда-то. Тут я испугалась. Ну, думаю, как бы... Ну, вы меня поняли, Любочка, верно? Звоню сразу мужу: «Я, Вовчик, останусь». Ну, он безотказный, он даже не спросит! Осталась. Легла тут у ней на диванчик. Она пошла в ванну, чего-то спустила. Потом вроде мылась. А я-то заснула! Поверите, Любочка, как отключили! А ночью проснулась и — Господи Боже! — Виктория понизила голос и всхлипнула. — Сидит на кроватке. Как девочка просто! Волосики все распустила, смеется. Ну, думаю, все! Надо в Кащенко ехать. И пусть там полечат, там Изя всех знает. И я подошла к ней: Дебуня, мол, что вы? Чего, мол, смеетесь? Она на меня и не смотрит. Все шепчет. Я слышу: мол, «thank you»[1] да «thank you», потом вроде: «sweety»[2], потом снова «thank you». Кому говорит? Только я ведь осталась! Прошу ее: «Деби, ложитесь! ˉДебуня!» Легла. Как овечка. И вроде заснула. Глаза все в слезах, а смеется, смеется! Сейчас вроде спит. Что же делать-то, Люба? Ведь это буквально анамнез какой-то! Куда же ее увозить-то такую?

— Сейчас я приду, — пообещала Люба.

Деби не спала, когда Люба, постучавшись, вошла в ее номер. Виктория, уже напудренная, но с отпечатками жесткого диванного валика на правой щеке и пока что без банта, сидела рядом с Деби на кровати и поила ее из ложечки крепким чаем. Увидев Любу, она вздохнула с облегчением.

---

[1] Спасибо *(англ.)*.

[2] Любимый *(англ.)*.

— Проснулась вот только что. Я обвязала. — Она указала на мокрое полотенце, которым была обвязана голова Деби. — Она разрешила. Простое домашнее средство. Поможет. Теперь говорю: «Надо кушать спуститься. Нельзя, чтоб не кушать». Пока что не хочет.

— Come here, — попросила Деби. — I'll show you something[1].

Люба подошла. Дрожащими напряженными руками Деби вытащила из-под одеяла маленькую бумажную иконку.

— He gave it to me![2]

Лицо ее просияло.

— Who gave it to you?[3] — вздрогнула Люба.

— Who?[4] Пьетр! My Петья! My sweetheart![5]

— Когда? — оторопела Люба. — Как он тебе дал?

— Да Оля дала! — простонала Виктория. — Это Оля! От Пети! Я знаю про это! Он как умирал-то? Буквально как ангел! Лежал тихий-тихий и все усмехался. Шептал все чего-то. Я Олю спросила:

---

[1] Заходите. Я покажу вам кое-что (*англ*).

[2] Он дал ее мне *(англ.)*.

[3] Кто дал? *(англ.)*

[4] Кто? *(англ.)*

[5] Любимый *(англ.)*.

«Что Петечка шепчет?» Она говорит: «Это, Вика, молитвы». Потом он сказал: «Вот иконка. Для Деби. Скажи, мол, что очень люблю ее, помню. Она человек, мол, отзывчивый, добрый. А я виноват, мол». Не помню уж, в чем там, но в чем-то серьезном! И вот вчера Олечка Деби сказала: «Вам это от Пети. Он вас очень любит». Ну, вот. Вот что было. А больше — не знаю.

Из глаз Деби текли слезы, которые она не утирала, а ловила их ртом и громко проглатывала, как дети.

— He gave it to me![1] — повторила она счастливым прерывающимся голосом. — He loves me! I know![2]

Она прижала к губам иконку и несколько раз торопливо поцеловала ее.

* * *

Аэропорт был по-прежнему плохо освещен, на полу его темнели небольшие лужи от внутрь занесенного обувью снега. Люба Баранович и Деби Стоун стояли в самом конце длинной очереди

---

[1] Он мне ее дал! *(англ.)*
[2] Он любил меня! Я знаю! *(англ.)*

на сдачу багажа и проверку билетов. Взволнованная Виктория прощалась с ними и еле удерживала слезы. Вдруг через отворившиеся двери она увидела, что на улице посветлело и даже проглянуло солнце.

— Ах, Любочка! Деби! — всполошилась Виктория. — А то оставайтесь! У нас же тепло! Посмотрите! Как летом!

2009

УТРО

В приемной роддома пришлось долго ждать. Мокрая от растаявшего снега женщина в резиновых сапогах просила гардеробщицу:

— Вот бы взяли они меня тебе на смену, а? Поговорила бы ты, а?

— Взяли! — упиваясь, передразнила ее гардеробщица. — Кто ж тебя, пьянчужку, возьмет?

— Я, — шептала мокрая, — работать хорошо буду, я и ночами могу...

— Да ты дыхни! — торжествовала гардеробщица и оглядывала приемную, желая, чтобы все видели. — А ну, наклонись, дыхни, кому говорю!

— Я только утром сегодня пива выпила, а так ничего, — дрожала просительница, — я пивка только с мужиком за компанию...

— Ну и иди отсюдова со своим пивком, — гремела гардеробщица, — просить за нее!

И тут я увидела, как Рита спускается по лестнице с голубым свертком в руках. Рядом с ней шла пожилая медсестра и что-то объясняла.

Рита все еще была в желтых пятнах, и живот ее торчал из-под свертка, словно она и не родила. Лицо, правда, изменилось: глаза стали настойчивыми, а скулы заострились. Пока она одевалась, я поймала такси, похожее на белое горбатое животное. Мы вышли. На нас набросился снег.

— Ну и ну, — залезая в машину, сказала Рита, — только застрять не хватает! Вторая Фрунзенская, магазин «Свет».

— Зачем? — удивилась я. — Мы что, не к тебе едем?

Она помотала головой и откинулась на спинку сиденья. Голубой сверток в ее руках зашевелился, оттуда послышалось кряхтенье.

— Покажи! — попросила я.

— Потом, — сурово сказала она, — успеешь.

Мы медленно плыли среди гудков, зажженных фар, и казалось, что все это никогда не кончится: вечно будет тьма, ослепшие от колючего снега люди, неразбериха, холод, ветер... И куда мы с этим жалким сверточком, с этим сгустком простеганного неба, внутри которого спит существо, ни разу не видевшее ни травы, ни солнца?

Я смотрела на Ритино изменившееся старое лицо. Мне было восемнадцать, ей двадцать. Сегодня — пятница, в прошлое воскресенье она родила.

* * *

Затормозили у магазина «Свет». Рита согнулась, прикрывая собой ребенка, и быстро вошла в подъезд. Дом был добротный, генеральский.

Батареи — горячие, в лифте — лужи растаявшего снега. Пахло жареной рыбой. На восьмом этаже лифт остановился. Рита бегло посмотрела на меня странными глазами.

— Ты со мной? — спросила она.

Ничего не понимая, я кивнула.

Она позвонила в одну из дверей — тоже добротную, кожаную, в золотых кнопках.

Открыл мужчина, с первого взгляда показавшийся мне старым. Густая шапка снежно-седых волос стояла над его лицом, как головной убор американских индейцев.

— Вот, — сказала Рита и протянула ему голубое, шелковое, — держи.

Он отшатнулся. Лицо его вспыхнуло, словно к нему поднесли спичку.

— Ты откуда? — вскрикнул он. — Чего ты хочешь от меня?

— Держи, держи, — настойчиво повторила Рита, — держи, это твое.

— Что — мое? — ужаснулся он. — Я тебя просил не делать этого! При чем здесь я?

Она положила сверток на порог разделявшей их двери и быстро пошла к лифту.

— Стой! — прорычал он. — Ты куда?

За его спиной выросла худая, как две капли воды похожая на него женщина с той же шапкой седых волос, только лоб ее был морщинистым и темным. Она подняла сверток, схватила Риту за плечо и всунула сверток ей в руки.

— Ах так? — звонко и весело спросила Рита. — Не нужна, да? А хотите, — голос ее сорвался, — хотите, я сейчас сброшу ее с лестницы? Хотите?

И глубоко наклонилась над пролетом, держа голубое на вытянутых руках. Меня затошнило от ужаса. Морщинистая старуха вырвала ребенка из ее рук и изо всех сил ударила Риту по лицу. Та отшатнулась. ·

— Уходи, — задыхаясь, сказала старуха. Я вгляделась: у нее были мертвые неподвижные глаза. — Уходи отсюда. Наломаешь дров — потом не исправишь. Бери и уходи.

Она отступила в квартиру и захлопнула дверь. Мы остались. Вода заголосила в батарее бабьей сочувствующей скороговоркой. Я подняла с полу ребенка. Рита нажала кнопку лифта. Но лифт и так шел вверх.

— Куда ты? — спросила я.

Она расстегнула пальто, потом кофту, и я увидела на ее лифчике два больших темных пятна.

— Молоко пришло, — нахмурившись, объяснила Рита, — перевяжу — и сгорит. За два дня сгорит.

Внутри голубого одеяла двигалось, дышало.

— Знаешь, — сказала она, — на Преображенской есть лес...

У меня заколотилось сердце, ноги стали ватными.

— Там есть лесок, — шептала она, кося глазами, — где весной, каждой весной, находят детей. Когда снег сходит, под сугробами. Мне говорили: каждой весной. И неродившиеся, и такие. И таких тоже...

Лифт остановился на нашем этаже. Из него выпорхнула запорошенная снегом, очень хорошенькая, с мокрыми ресницами, девушка в модной по тем временам шапочке «Буратино». Она светло улыбнулась нам и позвонила в квартиру, за дверью которой прятались седые. Никто не открыл ей. Девушка удивилась и позвонила еще раз — дольше и сильнее. За дверью была тишина.

— Вы к кому? — вдруг спросила ее Рита. — К Леве, наверное?

«Буратино» смущенно кивнула.

— Опоздали, — грустно вздохнула Рита, — опоздали. Умер он, Лева.

«Буратино» ахнула и прижала ко рту мокрые варежки.

— Умер, — смакуя короткое слово, повторила Рита, — родами умер, в воскресенье. Не смогли спасти. Сегодня похоронили. Мать очень плакала. Вечером поминки.

«Буратино» в ужасе взглянула на нее и бросилась вниз по лестнице, стуча сапожками.

— Ха, ха, ха! — страшно расхохоталась Рита, свесившись через перила огромной голой грудью. — Испугалась, да? Приходи на поминки!

Лестничное эхо подхватило ее смех и оборвало его хлопнувшей внизу дверью. И тут изнутри голубого свертка на моих руках раздался режущий крик, словно у существа, не видевшего ни травы, ни солнца, истощилось терпение.

— Есть хочет, — прошептала Рита, — я не могу...

— Покорми ее, — взмолилась я, — ты с ума сошла!

— Не могу! — свистящим шепотом выдохнула она. — Не могу я! Оставлю здесь, подберут. Я не могу!

Но тут же взяла ребенка, расстегнула мокрую кофту. Из глубины одеяла вылупилась темно-красная головка с продолговатыми глазами.

— Смотри какая, — прошептала Рита, — смотри!

Ребенок ухватился за большой черный сосок, и влажный, урчащий звук, сладкий, спокойный, похожий на голос самого молока, если бы оно заговорило, наполнил лестницу.

— Смотри какая, — сдерживая дыхание, повторила Рита, — хорошая, да?

Ребенок продолжал сосать, сосредоточенно глядя перед собой выпуклыми глазами с редкими загнутыми ресницами. Прошло минут пятнадцать-двадцать.

Наконец Рита спрятала грудь в липкий лифчик, застегнула пальто.

— Пошли, — сказала она.

Снега не стало меньше, но повадки его изменились. Он освещал собою зимнюю темноту улицы, и она лежала под ним, туго спеленутая, спрятанная от недоброго глаза, и только просила, чтобы он не бросал ее, шел и шел, успокаивая, прикладывая холодные полотенца к ее ранам и ссадинам, перебинтовывая, останавливая кровь.

Через полчаса мы с Ритой поднялись по загаженной кошками лестнице обреченного на скорый снос деревянного дома неподалеку от метро «Сокольники».

На стук открыла крест-накрест перевязанная серым деревенским платком женщина с полными паники глазами.

— Господи! — задохнулась она. — Да что ж ты так долго! Я уж не знала, куда бросаться!

И, выхватив у Риты ребенка, откинула уголок голубого одеяла, загулькала, засмеялась, заплакала. Вслед за ней мы прошли в комнату, освещенную тем же заоконным снегом. В комнате было три кровати. На одной, аккуратно застеленной клетчатым пледом, Рита спала вместе с матерью. На другой лежала ее парализованная бабушка, затрясшая лысой головой при нашем появлении и радостно замычавшая, третья кроватка была новая, детская, которую я еще не видела. Внутри ее сидел потертый плюшевый медведь.

Ритин письменный стол оказался сдвинут к

окну, и на нем в идеальном порядке лежала стопка книг, относящихся к восемнадцатому веку европейской литературы. Помню, что в глаза мне бросился «Фауст» в переводе Пастернака. Мы учились на втором курсе, и «Фауст» входил в программу.

2001

ДНЕВНИК НАТАЛЬИ

15 апреля. Нюра не ночевала дома и пришла в три. Выглядит ужасно: с черными мешками под глазами, измученная. Я смотрю на нее и думаю: что делать? Попробовать опять поговорить с ней? Но сколько можно разговаривать? Она ведь меня не слышит. Никто меня не слышит, кроме Тролля. Иногда приходит в голову, что, не будь на свете Тролля, я была бы ничем не связана. А так — нельзя, он без меня погибнет. Зимой — никогда не забуду — я шла по Смоленской и увидела такое, от чего во мне вся кровь остановилась: свора собак, совершенно одичавших, загнала под машину кошку. Окружили эту машину и сидят. Ждут, пока кошка не выдержит. Минут через пятнадцать кошка выползла — наверное, очень старая, больная, ей уже было все равно. Собаки набросились на нее и разорвали. Люди, которые шли мимо, все отвернулись, никто даже не приостановился, кроме меня.

Тролль — мое счастье, мое тепло. Как он вылизывает мне лицо и руки и мои старые ноги, ужасные старые ноги в тапках!

Может быть, кстати, с ног-то все и началось. В прошлом году мы с Феликсом собрались на дачу к Щ., которого я никогда не любила, но ради Феликса терпела, хотя мне давно казалось, что он шпана, обыкновенная номенклатурная шпана, несмотря на свою знаменитость. И пьесы, которые он пишет, — отвратительное вранье. Возвышенные дамочки в белых шляпах попадают в сомнительные ситуации. Причем за границей, чаще всего в Италии.

Я, наверное, завидую. Иногда я ловлю себя на мысли, что я завидую очень многим: молодым и красивым женщинам, которые проходят мимо по улице, подругам, уехавшим в Америку, завидую умершим...

Мы сели в машину, чтобы ехать к Щ., и вдруг Феликс увидел мои ноги в сиреневых босоножках. Он сморщился, словно проглотил комара, и спросил:

— Скажи, пожалуйста, это что, такая проблема — сделать педикюр?

Я взглянула на себя его глазами. На всю себя — как говорил поэт, «от гребенок до ног».

И ужаснулась. Потому что: волосы сухие, вытравленные перекисью, стрижка плохая, шея — в перетяжках, как у гуся, под глазами — лодочки из сморщенной кожи, руки неухоженные. Я увидела старуху, легко раздражающуюся, с плотно сжатыми губами, тускло одетую, молчаливую (о чем говорить-то?), и поняла, что между нами все кончено. Я поняла, что он уже никогда не заметит ничего другого и всегда будет только это: шея, волосы, руки...

Я вылезла из машины, хлопнула дверью. И он быстро отъехал — словно бы с облегчением, словно боясь, чтобы я не передумала.

Мы давно живем молча, каждый сам по себе. У него — своя жизнь, у меня — своя. Существуем параллельно. Но когда меня уволили из института, оказалось, что у меня нет никакой своей жизни. Совсем никакой. Мне некуда стало уходить по утрам и неоткуда возвращаться вечером. Нюра явно тяготится тем, что я сижу дома и мешаю ей заниматься живописью (считается, что она у нас большая художница, вся в папочку!). Кроме того, я позволяю себе переживать за нее. Я переживаю, что она бросила институт, нигде не работает (так, случайные заказы: где рекламу подмалюет, где еще что), переживаю, что у нее богемные и непонятные мне знакомства, что она меняет любовников и часто не ночует дома. Мне все кажется, что ее вот-вот обидят, изуродуют или даже убьют, и часто я часами простаиваю у окна, высматривая ее, когда наступает вечер.

Иногда на меня находят такие острые приступы любви к ней, что впору повеситься, лишь бы не видеть ее отравленного неудачами лица, не принюхиваться к табачному дыму, плывущему из нашей «детской».

Непонятно, кстати, вот что: почему сегодня, пятнадцатого апреля, я вдруг принялась записывать свою жизнь? Тоска, конечно...

Феликс встал часов в одиннадцать, наскоро выпил кофе и, не глядя на меня, сказал, что уходит на весь день в мастерскую. Я вывела Тролля, сходила в магазин, купила йогурт, хлеб и кислую капусту, сварила суп, и тут раздался звонок. Очень красивый грудной голос спросил Феликса. Я ответила, что его нет, но почему-то у меня заколотилось сердце, и я страшно разволновалась. Красивый голос усмехнулся, и в этой усмешке мне почудилось презрение. Тогда я сказала:

— Персдать сму что-нибудь?

Вместо ответа она опять усмехнулась — еще презрительнее, но все же очень красиво, музыкально — и повесила трубку. Я набрала номер мастерской, но его там не было, длинные гудки. Я подождала минут двадцать, выпила валерьянки и опять набрала. Он подошел и закричал:

— Алло! Слушаю! Да!

Я помолчала от растерянности (никогда он так не кричит!) и говорю:

— Тебе тут какая-то женщина звонила...

— Да? — спросил он радостно. — Когда звонила?

— Только что, — спокойно сказала я. — Но ничего не просила передать...

Он, видно, справился со своей радостью:

— Ну, так что?..

— Ты собираешься домой? — спросила я.

— Я работаю, — сказал он со злобой. — Ты, наверное, забыла, что это такое?

Намеки! Он все время напоминает мне о моем безделье, все время говорит о том, что один все тянет. Как будто я виновата, что наш отдел закрыли и меня выставили на улицу! Как будто я виновата! И ведь он не только меня попрекает — прямо скажем — куском хлеба! Он все время ноет, что работает как лошадь, ни от чего не отказывается, хватается за все халтуры, чтобы нас прокормить, — он, великий театральный художник! А мы, неблагодарные, ничего не понимаем, загоняем его в могилу. И квартира, в которой мы живем, принадлежала его покойной матери, балерине Большого театра, она на свои деньги построила этот кооператив. А я (будь я разумной!) должна бы сдать дачу, доставшуюся мне от отца и деда. Дворянских гнезд больше не существует. Раз нужны деньги, значит, нечего хлюпать, а надо найти жильцов и сдать дачу. Это он так говорит, а я отмалчиваюсь. Дача формально принадлежит мне.

Сегодня я поняла, что он не просто изменяет, — а то я не догадывалась, что он мне изменяет! — сегодня я поняла, что он влюблен в кого-то, мучается, надеется, короче — у него открылось второе дыхание и моя песенка спета.

Нюра поела на кухне — тарелку не вымыла, спасибо не сказала, — заперлась в своей комнате и затихла. Я постояла у ее двери, прислушиваясь. Кажется, она рыдала в подушку, но, наверное, зажимала рот руками, потому что я различила только сдавленные «а-а-а», больше ничего.

Итак, у меня есть муж и дочь. Муж мой на старости лет влюбился, он при деле, и ему не до меня. Дочь моя то ли не может влюбиться и рыдает в подушку, что приходится спать с кем попало (а как же иначе — гормоны!), то ли кто-то не отвечает ей взаимностью, и она от этого бесится. Но оба они — и муж, и дочь — живут, они живые, с ними что-то происходит, а я мешаюсь под ногами и ни одному из них не нужна. Я — мертвая.

У них заговор против меня. Заговор живых против мертвой, людей против тени. Между собой они перекидываются шуточками, Нюра целует отца в щеку, он ей показывает свои эскизы, и все это — мимо меня! Без меня! Поди прочь, тень! Старая, со старыми ногами.

Я ложусь спать, уже девять. С Троллем мы погуляли. Днем было тепло, а сейчас пошел редкий снег. Хорошо, пусть. Снег — пятнадцатого апреля, светопреставление.

Сердце колотится — того гляди выпрыгнет. Нюра из своей комнаты не выходит. Двенадцать часов ночи. Грохнула дверь лифта. Это Феликс.

16 апреля. Господи, прости меня. Прости, пожалей. Знаю, что все это заслуживаю, знаю. Сколько на мне всего!

Я всегда была скверной. С самого детства. Думаю, что это впервые обнаружилось тогда, когда из провинции приехала моя бабушка, мать отца. Дряхлая, почти слепая. В молодости была, как говорили, красавицей. И в старости красоты не утратила, несмотря на дряхлость. Лицо — сморщенное, крошечное, а нос и рот — кукольные. И глаза — хоть слепые — нежного голубого цвета, как завядшие незабудки. Эта несчастная бабушка, которую я едва знала, очень хотела остаться у нас и жить с нами — с моим отцом и со мной. Была еще горбатая домработница Таня, растившая меня после маминой смерти, но она не в счет. В провинции у приехавшей к нам бабушки была дочь, опереточная актриса, муж этой актрисы, полный идиот, трое одичавших внуков, толпы крикливых гостей, короче — никакого покоя. Дочь приносила с базара только что зарезанных кур в окровавленных перьях и говорила матери: «Ощипи и приготовь». Та ощипывала и варила. Ей, бедной, хотелось приютиться у сына в московской квартирке и дожить здесь, в райской тишине, остаток дней. Отец не мог ей отказать, но — и я это сразу учуяла! — ему было бы гораздо легче, если бы она уехала к себе в провинцию. Мужчине, одному воспитывающему девочку, перегруженному работой, страдающему бессонницей, взвалить на себя старую больную мать, выделить ей отдельную комнату, а самому перейти в мою детскую (Таня спала в кухне на кушстке) и не иметь ни минуты покоя! Ему очень хотелось, чтобы мать поняла все его трудности и уехала обратно к сестре, но она не понимала. Ласково бормоча что-то, бабушка разложила на столе и на подоконниках пестрые салфетки, выставила пузырьки с лекарствами, розовую, расколотую пополам пудреницу, гребенку, несколько шпилек и устроилась в кресле, готовясь провести так не только лето, но и всю жизнь.

И вот эту тихую голубоглазую бабушку — родную мать моего родного отца — я, одиннадцатилетняя девочка, выгнала из дома! То есть я ее, конечно, не выгнала. Я ей просто объяснила, как трудно живется папе с его бессонницей и как он нуждается в отдельной комнате. Я объясняла ей все это, краснея, торопясь и волнуясь, а она слушала, понурив ярко-седую кудрявую голову и перебирая оборки своей старинной кофточки маленькими сморщенными пальцами. Когда я закончила, она крепко поцеловала меня и сказала, что, конечно, в первую очередь нужно думать о папином здоровье и о том, чтобы мне было где делать уроки, так что она уедет.

В конце лета она уехала, а через полгода умерла.

О, стыд мой! Подлый грех мой, от которого не отмыться! Я знаю, отчего Нюра, ничего и не слышавшая об этой истории, меня ненавидит! Вот за эту самую старуху, давшую жизнь моему отцу и, стало быть, мне и, стало быть, моей дочери. Я предала родную плоть и кровь, и мне воздалось, мне отомстилось от моей же родной плоти и крови.

Кто это сказал — Достоевский, что ли? — про закон крови на земле? Есть такой закон, точно.

Феликс меня, конечно, бросит, я это давно чувствую, особенно после вчерашнего грудного голоса в телефоне. Сколько ей лет? Тридцать?

24 апреля. Мы расстались с Феликсом. Он ушел. Я гляжу в одну точку и вою. Спокойно, спокойно, пиши дальше. Тебя бросил муж, с которым вы прожили двадцать шесть лет.

Случилось это в среду.

Я уже спала, и довольно крепко, так что даже видела сон.

Мне снилось, что я молода и на мне ситцевый сарафан, похожий на те, что носили в пятидесятые. Живу я в каком-то чуть ли не средневековом городе, обнесенном стеной. Город стоит высоко над морем, и на него постоянно нападают соседи. Чтобы обороняться от этих соседей, жители разводят в своем море особых змей — плоских и прозрачных, так что их не видно в воде. В городе запрет: несмотря на то что все, от глубоких стариков до грудных младенцев, знают о змеях, признаваться даже самому себе, что ты об этом знаешь, нельзя. Всякий, кто нарушает запрет, сразу умирает. И вот я, молодая, веселая, в ситцевом сарафане, срываюсь с берега и падаю в море. Змеи окружают меня и обматывают своими волокнами так, что я не могу шевельнуться. Я чувствую, что это конец, знаю, но не кричу и не зову на помощь. Напротив, я изображаю, что мне было жарко и поэтому я решила искупаться.

Проснулась в холодном поту. Феликс стоял в дверях. Плащ и клетчатая кепочка были насквозь мокрыми, значит, шел дождь.

— Мне нужно поговорить с тобой, — сказал он. — Очень нужно поговорить.

И тут — о Господи, вот оно, наступило! — я повела себя как во сне, от которого едва опомнилась. Я забормотала о какой-то ерунде, быстро-быстро и очень дружелюбно, лишь бы не дать ему произнести, лишь бы протянуть время до смертного приговора. Я бормотала о том, что наш отдел вот-вот откроют, мне уже звонили и скоро я выйду на работу, так что он сможет плюнуть на свои халтуры и заняться любимым делом, я сетовала на то, что Нюра так редко бывает дома и мы почти перестали проводить время втроем, а это — согласись! — так важно, чтобы семья проводила время вместе, и пусть дочь давно выросла, все равно ей нужны родители, и мама, и папа — папа, может быть, чуточку больше, так как девочки вообще сильнее привязываются к отцам, отцовское влияние крепче... Я остановилась наконец, потому что мне не хватило воздуха.

— Наталья, — сказал он в кромешной тишине. — Я встретил другую женщину...

— О, какая дешевка! — завопила я. — Фраза из бульварного романа!

— Фразу я не буду с тобой обсуждать. — Он испуганно взглянул на меня. — Давай поговорим о деле.

Но я уже опомнилась. Надо было немедленно что-то предпринять. Нельзя отпускать его, нельзя!

— Послушай! — пролепетала я. — Зачем же так?

— Как — так? — спросил он.

— Зачем так жестоко? Не бросишь же ты нас, в конце концов! Мало ли что бывает у мужчин на стороне!

— Наталья, — сказал он глупым просящим голосом, — пойми, у меня другая женщина. Я ее люблю, вот в чем дело.

Кровь бросилась мне в голову.

— Какой же ты... — У меня тряслись губы, и слова застревали в горле. — Подонок ты, вот что! Грязный лысый подонок!

— А ты! — вдруг словно бы опомнился он и закричал так громко, что бедный Тролль выскочил из-под стола и уставился на нас. — А ты! Что я видел от тебя? Одни муки!

— Муки? — переспросила я. — Это ты-то говоришь про муки? Да вспомни хоть, сколько абортов я сделала, вспомни, через что я прошла! Муки!

— Мне, — закричал он еще громче, — мне твои аборты стоили не меньше, чем тебе! Я этот кошмар вспоминать боюсь! Когда бы я до тебя ни дотронулся, ты тут же начинала причитать, что опять залетела! И потом я вместе с тобой ждал этих чертовых месячных! Всю нашу жизнь я ждал твоих месячных!

— А кто виноват? — Я тоже кричала. — Кто виноват? Я что, от соседа залетала? Это были твои дети! Ты их делал, а потом требовал, чтобы их убивали! И платил за это! Да! Семьдесят рублей в конверте!

— Я ухожу, — сказал он. — Чего-то самого главного нет в нашей жизни. Мы с тобой не договорились.

О, это было наше слово! Вернее, мое, которое он потом тоже начал трепать направо-налево! Я ему всегда говорила: «Мы с тобой договоримся» или (в хорошие минуты!): «Договорились?» Это было слово-пароль, и вот он теперь его вспомнил!

— Уходи, — сказала я и сползла на пол, туда, к Троллю, к его родному теплу. — Уходи, пока я тебя не убила. Ненавижу и желаю тебе смерти.

Он отшатнулся от меня.

— Смотри, — сказал он, — себе не накаркай. Знаешь ведь, как это бывает?

— А ты меня не пугай, — ответила я, изо всей силы прижимая к себе собачью голову (а Тролль, любимый, все понимал и только переводил глаза с Феликса на меня). — Не пугай меня, голубчик, поздно...

Он, видимо, взял себя в руки. Все-таки он бросал меня, да еще старую, безработную, выпотрошенную. И уходил к другой, с красивым грудным голосом, наверное, молодой и привлекательной.

— Я оставляю тебе квартиру, — сказал он. — Можешь делать с ней, что хочешь.

— Что? — взвизгнула я. — Ты мне оставляешь квартиру? А что я буду есть в этой квартире? Нашу кровать? Тумбочку?

— У меня нет денег, — ответил он. — Я отдаю тебе все, что у меня есть. — Он вынул из кармана плаща конверт и положил его на стол. — Тебе должно хватить на пару месяцев. А там посмотрим.

— Ты сказал Нюре? — спросила я.

— Нет еще, — ответил он и понурил голову.

Он понурил голову, как мальчик! Как провинившийся мальчишка!

— Я тебе не говорю... — сказал он, не поднимая головы (ах, какой гадкий спектакль!). — Я не говорю тебе: «Прости меня», потому что... Потому что мы сильно виноваты друг перед другом и вряд ли сумеем друг друга простить...

— Да, — сказала я, глядя на него снизу вверх (по-прежнему обнимала Тролля на полу). — Ты сильно виноват передо мной. И я тебя не прощаю.

Он криво усмехнулся:

— Меня прощать... Я с тобой хлебнул — во!

И сделал резкое движение ладонью по шее, словно отсекая собственную голову. Повернулся и ушел в кабинет, закрыл дверь.

Я не могла шевельнуться (точно как во сне со змеями!).

Минут через пятнадцать он вернулся, но уже с сумкой.

— Я сам поговорю с Нюрой, — сказал он. — Прошу тебя не вмешиваться.

126

Вот и все. Жизнь моя, как сказал поэт, иль ты приснилась мне?

Сказал и повесился. Значит, не приснилась.

Теперь о дочери.

Она странно отнеслась к отцовскому поступку. Через два дня после нашего «развода» (интересно, кстати, собирается ли он оформлять его юридически?) Нюра спросила меня:

— Мама, а вы с папой хоть когда-нибудь, хоть раз были счастливы?

— Конечно, — возмутилась я. — Очень были.

— Врешь, — жестко сказала она. — Не были. Я помню, что вы никогда не хотели больше детей. Я просила братика, а вы отмахивались.

— Не знаю, — сказала я. — Жизнь была непростая, вот и не хотели. Не знаю, не помню.

Все я помнила! Она, маленькая, кудрявая, требовала: «У Оли есть братик, почему у меня нет?»

А мы действительно отмахивались. У нас был формальный предлог: моя первая беременность (не хочу о ней сейчас!) так ужасно закончилась из-за предлежания плаценты. С Нюрой случилось бы то же самое, если бы это предлежание не обнаружили на третьем месяце и не положили меня на сохранение до самых родов. Потом сделали кесарево. Врачи говорили, что такая аномалия всегда может повториться, раз она уже два раза имела место.

Но ведь не боли я боялась! И даже не потери ребенка! Я боялась, что этот ребенок родится уродом и — в отличие от того, первого, — выживет! С каким ужасом взгляд мой выхватывал в метро или на улице детей-уродов!

Как сейчас помню: зима. Из шестого подъезда выходит тихая пожилая женщина (а может, и не пожилая, горе старит). Рядом с ней — девушка в меховой ушанке. У девушки бессмысленное лицо, широко разинутый рот, тонюсенькие ноги и такие же тонюсенькие, дергающиеся руки в варежках. Она что-то мычит, выпуская струйку слюны на подбородок, и мать терпеливо останавливается, вынимает носовой платок, вытирает струйку... Идут дальше. По снегу, по холоду, среди торопливых пешеходов, которым до этой несчастной, зачем-то родившейся, зачем-то живущей — нет никакого дела!

Всякий раз, увидев их, я думала: а если бы это случилось со мной? О ужас!

Слава Богу, я здорова и молода. Моя Нюра спит на балконе в коляске. У нее не щеки, а яблоки, и ресницы такие густые, что на них, как говорят старухи во дворе, «спичку ложи — не упадет».

Зачем же мне рисковать? Чтобы всю оставшуюся жизнь умываться слезами да еще потерять Феликса?

Ах, я не сомневалась, что он сбежит при первом же испытании! Он всегда был предателем, и я всегда боялась, что он меня обманывает, с самого первого дня! Одна моя ревность чего стоила! От ревности мне даже хотелось убить себя, лишь бы сделать ему больно! И один раз — страшный, один-единственный раз! — я действительно обезумела. Мы жили на даче: Нюра, девятимесячная, и я, а Феликс — молодой папаша, великий театральный художник! — бывал там наездами. Мне было скучно с грудным ребенком, быт — тяжелый, однообразный, лето дождливое. Вечерами приходилось топить печку на кухне, чтобы купать Нюру и успеть до утра высушить пеленки. Я просила Феликса как можно чаще приезжать к нам и по возможности ночевать здесь, а не в городской квартире. Он уклонялся и выполнял мою просьбу с большой неохотой.

Я ждала его во вторник, но во вторник он не приехал. Не приехал и в среду. В четверг утром я решила позвонить ему в город и поплелась на станцию под проливным дождем, толкая перед собой громоздкую коляску со спящей Нюрой. Его не было в театре, и я испугалась. Дозвонилась его тогдашнему приятелю, быстро набирающему славу поэту, и спросила, не знает ли он случайно, где мой Феликс. Поэт весело ответил, что Феликс уехал на дачу еще во вторник и собирался пробыть в кругу семьи до пятницы. Я ахнула и тут же набрала наш домашний телефон, хотя никакой надежды застать его дома, разумеется, не было.

— Слушаю, — сказал он.

— Почему ты не на работе? — закричала я. (Было очень плохо слышно!)

— Я зашел на пять минут, — соврал он. — Мне нужно было взять один набросок.

Это, конечно, ложь. Он был в нашей пустой квартире с какой-то бабой, он жил там с нею все эти три дня — вторник, среду и четверг, — понимая, что я не потащусь на электричке с грудным ребенком проверять его, он был абсолютно уверен в себе и в своей власти надо мной, нисколько не любил меня, а женился только потому, что я умоляла.

Заливаясь слезами и толкая перед собою коляску, я вернулась домой, зажгла лампу — о, как неуютно было на этом сыром сером свете! — покормила Нюру и принялась ждать пяти часов вечера. Я знала, что он непременно приедет с пятичасовой электричкой, и, хотя не представляла себе, что именно сделаю, чувствовала приближение катастрофы. Вместо меня — рук, ног, головы, глаз — полыхала одна раскаленная злоба. В четыре тридцать выглянуло солнце, потеплело, заблестели мокрые деревья, небо стало голубым и доверчивым, в деревне за мостиком заголосил петух, и я — помню отчетливо! — посмотрелась в зеркало, прежде чем идти на станцию. Из зеркала на меня сверкнули чужие дикие глаза, насаженные над искаженной, совершенно неуместной улыбкой. Я взяла Нюру на руки и заторопилась. Через десять минут подошла электричка, я услышала, как она прогудела и прогрохотала, а еще через пять минут на тропинке, ведущей к дачам через мокрый луг, показались первые пассажиры, торопливо размахивающие своими портфелями и авоськами.

Он увидел, что я иду ему навстречу с Нюрой на руках, и приветственно поднял руку. Я остановилась, не дойдя до него, и со словами «получай!» бросила ему под ноги ребенка. До сих пор не понимаю, что это было со мной. В глазах сразу почернело, я опустилась на землю. Через секунду зрение вернулось, я увидела, как очень бледный, трясущийся Феликс держит на руках зашедшуюся в беззвучном крике Нюру, а вокруг стоят люди. Еще через несколько секунд Нюрино беззвучие разрешилось непрерывным «а-а-а-а-а!», и Феликс побежал куда-то, даже не оглянувшись.

Незнакомая женщина в косынке наклонилась надо мной и заорала: «Падаль, блядь! Ты чего с ребенком сделала! Убить тебя мало, падаль!»

Я встала с земли и пошла домой. Я уже не думала и не помнила ни о себе, ни о нем. Я была уверена, что дочь моя умерла, и шла домой, только чтобы убедиться в этом. Я знала, что ни на секунду не останусь жить после ее смерти. Как это произойдет — неважно. Боль была такая, что казалось, будто я не дышу, а глотаю стекло.

Феликс сидел на крыльце, прижимая к себе тихо всхлипывающую Нюру. На меня он не смотрел.

Впоследствии мы никогда не вспоминали об этом. Очевидное потрясение было настолько глубоким, а взаимный ужас настолько острым, что нужно было или немедленно расстаться, или сделать вид, что этого не было.

Точно знаю — он меня не простил. Но вот рассказал ли он Нюре, как я бросила ее, девятимесячную, с размаху на землю?

28 апреля. Нюра вышла замуж. Я не шучу.

Вчера вечером она позвонила и сказала так: «Мама, не удивляйся, я приду не одна».

Как будто я еще могу чему-то удивиться!

Через полчаса явилась с худым, высоким парнем. На вид лет тридцать. Глаза — мрачные. Густая черная борода, бритый череп. В руках чемодан и гитара.

— Мама, — сухо сказала Нюра, зрачки ее бегали. — Это Ян. Он будет жить с нами. Считай, что мы поженились.

Я прислонилась к стене, ноги подкосились. Парень угрюмо сказал «приветствую» и прошел на кухню, словно меня и не было. Она собралась последовать за ним, но я прошипела «иди сюда», и она подчинилась. Не потому, что боялась меня, а потому, что не хотела начинать со скандала. Я втолкнула ее в бывший кабинет бывшего мужа и закрыла дверь.

— Это что значит?

— Ничего, — небрежно сказала она. — Что именно тебя интересует?

— Как ты посмела? — задохнулась я. — Немедленно выгони отсюда эту шваль, сию минуту!

— Не подумаю, — громко сказала она. — И не смей со мной говорить в таком тоне.

Я смотрела на нее, она на меня. Лицо ее было

похоже на лицо Феликса и так же дышало ненавистью ко мне, жуткой, непонятной ненавистью!

— Ты не должна ни обслуживать нас, ни содержать, — сказала она. — Ян — музыкант, он хорошо зарабатывает. Квартира большая. Папа сюда не вернется.

Последнюю фразу она произнесла с каким-то даже сладострастием, другого слова не подберу. Она отчеканила каждый слог, сделав ударение на «не», словно уход своего отца от меня она, моя дочь, торжествовала как победу.

Тогда я распахнула дверь в столовую и закричала: «Тролль!» Он тут же подбежал ко мне, виляя хвостом.

Собака, ты спасаешь меня. Кроме тебя, никого нет.

Нюра вдруг покраснела и погладила Тролля (обычно она не обращает на него внимания! Это — мое, а стало быть, многого не заслуживает!).

— Успокойся, — примирительно сказала она. — Я не обещаю тебе, что мы заживем, как в раю. Но можно обойтись без ада.

4 мая. Без ада не получилось. Мой зять, кажется, ненормален. Они с Нюрой ночи напролет занимаются любовью с таким треском, звоном и шумом, что притвориться, будто не слышишь, довольно трудно. Что он с ней делает, не представляю. Потом они оба спят до двенадцати. Музыкант он, как я понимаю, аховый: играет на ударных инструментах. Я сказала, что дома прошу не репетировать, так как соседи заявят в милицию, и правильно сделают. Нюра тут же возразила, что до десяти часов вечера можно хоть на голове ходить, никто не смеет и пикнуть. Хозяйничаем мы теперь порознь: у нее свое хозяйство, у меня свое. У меня — овсянка, компотик какой-нибудь, омлет из одного яйца с помидором. У нее — зеленые супы не поймешь из чего и окровавленные ростбифы. Сексуальный маньяк ест как слон, несмотря на свою худобу. Глисты, наверное. Солитеры. Откуда у «молодоженов» деньги, я тоже не понимаю. Вполне возможно, что он и зарезал кого-нибудь, ударник этот. В лице у него, кстати, есть что-то от нового русского, только разорившегося, ушедшего в подполье. Новый русский из неудачников. Неврастеник по Федору Михайловичу.

Что мне до него? Ведь это временная история. Поживут месяц-другой и разбегутся. Любовью от этого союза не пахнет. А чем пахнет? Ах, Боже мой, опасностью, вот чем! Хмельными деньгами, нечистой совестью. Муть, муть и муть. А может быть, у моей дочери просто бешенство матки? Иначе зачем ей эта горилла?

8 мая. Вчера мы с Троллем сбежали на дачу. Я думала провести там праздники, но вечером начался такой дождь и холод, что пришлось вернуться. Печка барахлит, тепла не держит. Несмотря на отвратительную погоду, народ хлынул за город. Все возятся на огородах. Все, кроме меня. Я никогда ничего не умела, никогда моя земля ничего не рожала.

Утром заметила через забор Платонова. Он истощал и зарос.

Сколько лет мы знаем друг друга? Сто лет, с детства. Помню, как он заболел полиомиелитом и у нас в доме началась паника: боялись, что я заражусь. Потом боялись, что он умрет. Но я не заразилась, а он поправился. Одна нога у него так и осталась короче другой. Платонов — фантастический человек, невероятный. Считается, что он математик, но я не уверена, чтобы математика хоть когда-нибудь приносила ему деньги. Окончив университет, Платонов какое-то время работал в школе, но вместе с теоремами преподнес детям несколько уроков опасного вольнолюбия, и его тут же уволили. Потом я надолго потеряла эту семью из виду, дача их стояла пустая, так как родители Платонова одновременно заболели, за городом жить не могли, и он ходил за ними, как нянька. Работал по ночам каким-то обходчиком, а днем ухаживал за двумя лежачими стариками. Распродавал семейную библиотеку, чтобы кормить их рыночными овощами и фруктами. Один раз я увидела его в букинистическом магазине с авоськой книг. Принес на комиссию. Заметил меня и огненно покраснел от стыда. Потом справился со смущением, обнял меня, обрадовался. У меня уже была пятилетняя Нюра, и жили мы с Феликсом сравнительно мирно, хотя без большой радости. Я спросила Платонова, отчего он не женится. Он усмехнулся, сверкнув золотым зубом сбоку (я тогда первый раз увидела у него этот золотой зуб и поразилась: как старик!).

«Не могу, — сказал он серьезно. — Родители».

Родители вскоре умерли. Один за другим, но каждый на руках у сына. Платонов бросил работу и начал читать. Кроме всего прочего, углубился в эзотерическую литературу и целыми днями просиживал в Ленинке. Жить ему стало абсолютно не на что, и кто-то из друзей посоветовал продать либо дачу, либо квартиру. От продажи дачи Платонов категорически отказался («Трогать нельзя, — сказал он, — детство!»), а квартиру продал.

Его, разумеется, надули, да и квартира была очень средней, так что деньги оказались маленькими, и он тут же перевел половину этих денег двоюродной сестре в Архангельск.

Платонов увидел меня, просиял своими наивными, косыми глазами и подошел к забору.

— Ната, — сказал он, — солнышко, ты приехала?

— Ты почему так похудел? — спросила я. — Не жрешь ничего?

— Болею, — грустно ответил Платонов. — Давно, с осени.

— Чем?

— Да неважно, — отмахнулся он. — Идем ко мне чай пить.

В доме у него было тепло, перед иконой горела свечка, книги лежали повсюду, одна даже на плите, правда, незажженной. Он поспешно сунул куда-то эту книгу, поставил чайник, нарезал сыр, хлеб, переложил повидло из банки в стеклянную вазочку и начал нас с Троллем угощать. Тролль деликатно съел хлеб с повидлом из платоновской ладони и тщательно вылизал эту ладонь в знак благодарности.

— Чудо, — сказал Платонов и радостно засмеялся. — Собака — чудо. Я бы тоже завел, да боюсь...

Он перестал смеяться и удивленно приподнял брови.

— Чего ты боишься? — спросила я. (На душе у меня стало светло и тихо, словно и там зажгли свечку!)

— Боюсь, что некому будет за этой собакой ухаживать. Мало ли как...

— Да что ты, ей-Богу! — воскликнула я. — Что ты все намекаешь! Что с тобой?

— Ничего, ничего, солнышко, — смутился он. — Показать тебе картинки?

Платонов всю жизнь любил рисовать, хотя никогда не мнил себя художником и никогда никому свои работы не показывал. Исключение он сделал только однажды для нас с Феликсом. Было это лет двадцать назад, когда Феликс очень удачно оформил пару балетов и ходил с задранным носом. Помню, как молодой, долговязый и нескладный Платонов, с круглым лицом и добрыми глазами, пришел к нам в какой-то гуцульской войлочной шапочке, долго хвалил Феликсовы декорации, а потом смущенно сказал, что хотел бы посоветоваться насчет своих картинок. Феликс накинул на левое плечо замшевую куртку (привез из Болгарии!), закурил трубку, и мы пошли смотреть картинки.

Я, конечно, сразу увидела, что Платонов не большой мастер. Писал он в основном пейзажи, но не реалистические, не с натуры, а то, что представлялось воображению. На пейзажах были диковинной синевы моря, причудливые горы с пронизанными солнцем вершинами, розовые фламинго, желтые, как хорошо заваренный чай, пустыни. И все же мне было приятно смотреть на эти полотна, потому что они напоминали самого Платонова.

Но Феликс! Он его уничтожил. Правда, дружески и от чистого сердца.

— Коля, — сказал Феликс, пыхтя трубкой, как Гайавата. — Ты хочешь, чтобы я тебе подпевал, или ты хочешь правду?

Платонов смутился до того, что на глазах его выступили слезы.

— Так вот, — продолжал мой безжалостный муж. — С точки зрения живописи это мазня.

— Я понимаю, — поспешно сказал Платонов, — но я думал, что с точки зрения...

— Другой точки зрения нет, — отрезал Феликс. — Вопрос лишь в том, предрасположен ли человек к тому, чтобы писать маслом на холсте. Или ему лучше заняться чем-то еще...

— Я понял, — пробормотал Платонов. — Это ведь для себя...

— Для себя — пожалуйста, — смиловался Феликс. — Для себя это совсем неплохо, особенно морские куски...

Тролль, Платонов и я поднялись на второй этаж по темной скользкой лестнице и вошли в комнату, которую Платонов называет мастерской. Все ее стены завешаны картинами. Не берусь судить с «точки зрения живописи», как говорил мой бывший, но, кажется, одна вещь точно удалась. Ни гор, ни морей на ней не было, а было семь всадников в черных капюшонах. Всадники медленно двигались, но не по ровной поверхности, а словно бы забирая вверх, к невидимому небу. И люди, и лошади были почти бесплотны. За спинами у всадников торчали приклады, головы в черных капюшонах были низко опущены, а лошадиные морды, напротив, высоко и тревожно задраны, словно лошади чуяли впереди опасность.

— Молодец, — сказала я. — Как называется?

— Это называется, — замялся Платонов, — «Дорога на Страшный суд».

— Так это — мертвые? — спросила я. — Дорога-то после смерти?

— В общем, да, — сказал он. — Я, собственно, это имел в виду.

И тут я разрыдалась и закашлялась.

— Коля, — сказала я. — Миленький! Я с ума схожу.

Платонов испугался. Первым движением его было прижать меня к груди, но он остановился на полдороге.

— Ната, — спросил он осторожно, — что с тобой?

— Да что! — Слова расцарапали мне горло. — Что со мной? Никого нет — раз, старость пришла — два, смерть не за горами — три! Мало?

Он хотел что-то сказать, но не решился.

— Если ты мне посоветуешь верить в Бога, или надеяться на лучшее, или еще что-то в этом роде, — я повысила голос, словно Платонов был виноват в моих несчастьях, — если ты мне что-то подобное скажешь, я сейчас же уйду!

— Но в Бога действительно нужно верить, — прошептал Платонов. — Иначе что же?

— Ах, я не знаю! — закричала я. — Только ты мне не устраивай сцену из романа «Братья Карамазовы»!

— Когда писались «Братья Карамазовы», — сказал он, — овец не клонировали и младенцев не выводили в пробирках. Времена были невинными...

— Каких овец? — простонала я.

— Ну, как? — задумчиво сказал он. — Тех, которые тоже будут на Страшном суде. Вместе с экспериментаторами. Ната! Ты что, не видишь, какое подходит Время? (Пишу слово «Время» с большой буквы, именно так он произнес!)

— Время — чего? — спросила я.

— Я думаю, конца света, — ответил Платонов. — А как же иначе понять эти приметы?

— Коля! — вздохнула я. — Что ты, ей-Богу! Поговори со мной просто!

— Но, Наточка! — испугался он и затряс бородой. — Куда уж проще! Вот ты говоришь «моя жизнь» или «его жизнь», а ведь отдельно от общей жизни ничего нет! А скажи мне: что произошло с общей жизнью в нашем веке и почему я лично думаю, что скоро конец?

— Что произошло? — спросила я.

— В нашем веке впервые появилась цена. — Он ярко покраснел и запнулся. — Цена на человека.

— Не поняла, — удивилась я. — А во времена крепостничества?

Платонов замахал руками:

— Да при чем здесь деньги! Это другая цена! В нашем веке впервые пришло в голову использовать человека как материал, понимаешь? Использовать его телесно, извлекать пользу из его кожи, волос, костей! Вот я о чем! Ведь что делали немцы в лагерях? Ты скажешь: массовые убийства, камеры, холокост! Да, да, да! Но ужас в другом! Массовые убийства были и до немецких лагерей! Но посмотреть на человеческую кожу, как на кожу крокодила, из которой можно сделать сумку, — вот этого не было! Вот куда пробрался дьявол!

Платонова колотила дрожь.

— Ната, — простонал он и схватился обеими руками за голову. — Ната! Он подбирался к нам долго-долго, то с одного боку, то с другого, но никогда, ни в одной цивилизации ему не удавалось того, что нынче!

Я уже жалела, что начала этот разговор. У меня на него нет ни сил, ни здоровья. Тролль уловил мое настроение и посмотрел вопросительно. «Уходим? — сказал его взгляд. — Или еще побудем?»

— Все! — кричал седой и заросший друг моего

144

детства, с которым мы лет пятьдесят назад ели незрелый крыжовник и играли в прятки. — Они скоро начнут выводить людей! Я читал, что в одном корейском университете уже начали такое клонирование! Они уже поместили человеческую клетку в пробирку, и она принялась развиваться! Тогда они ее уничтожили, потому что еще не знают, что с этим делать! Но скоро они узнают, скоро они узнают! Хотят отнять у человечества самую великую тайну! Тайну жизни и смерти! Но без этой тайны мир перестанет существовать! Он рухнет! Ты понимаешь? Любой идиот, у которого есть деньги и который больше всего на свете боится физической смерти, сможет заплатить, и для него выведут живое существо, в точности повторяющее его генетику!

— И что? — спросила я.

— Как — что? — расширил глаза Платонов. — Как — что, Ната? Ты понимаешь, как это делается? Берут одну клетку и удаляют из нее всю генетическую информацию, потом берут другую, сохраняя информацию, — и соединяют их! И вживляют это соединение куда угодно: в женщину, в пробирку! Получается существо! Человек! Но он заказан другим человеком на случай пересадки сердца, например! Или почек! Потому что его генетика точно повторяет генетику заказчика! Ты чувствуешь идею?

— Ну? — спросила я. — Чем это отличается от опытов доктора Фаустуса?

— По большому счету — ничем, — ответил Платонов. — Но ты ведь помнишь, кто пришел к доктору Фаусту?

— Ах, Коля, — усмехнулась я (мне хотелось свести все к шутке). — Я, например, к тебе пришла чаю попить, а ты меня пугаешь...

— Ничего нет, — умоляюще сказал Платонов, не слушая. — Солнышко мое! Ничего нет дороже жизни! Маленькой жизни! Не только человеческой, а вообще! Вот ты посмотри на него, — и он быстро дотронулся до головы Тролля дрожащей ладонью, — ведь тебе не важно, как он называется: собака, кошка, хорек! Ведь ты любишь конкретно его! И ты не допустишь, чтобы из него сделали шапку!

...Мне вдруг вспомнился летний день. На ладони у меня неподвижно лежит толстая, словно бы меховая серая бабочка. Мы с Платоновым — оба семилетние — смотрим на эту бабочку и ждем, пока она оживет. Но бабочка не шевелится, значит, умерла.

— Положи ее сюда, под дерево, — просит Пла-

146

тонов. — Здесь будет ее могила. Жаль, она была совсем молодой.

Я кладу мертвую меховую бабочку под дерево, и Платонов накрывает ее листком.

Потом мы забираемся в недостроенный сарай, где темно и прохладно, стоит верстак, с которого свисают локоны вкусно пахнущей стружки... Издалека доносится голос точильщика: «Точить ножи-ножницы! Точить ножи-ножницы!» Я боюсь этого точильщика, худого старика с тяжеленным колесом на плече, из которого сыплются искры.

— Мы не вернемся домой, — вдруг говорит мне маленький Платонов, — если они не дадут нам честного слова никогда никого не обижать. Ни детей! Ни кошек, ни мух, ни гусениц, ни вообще никого!

10 мая. Вчера был День Победы.

Нюра не предупредила меня, что к нам, вернее, к ним, собираются гости. Я была в своей комнате, как вдруг до меня начали доноситься запахи жареного мяса и каких-то специй. Я вышла на кухню. Ян стоял в черной майке — глаза окровавленные (сосуды, видать, от страсти полопались!) — и что-то помешивал в большом котле, которого у нас прежде не было. Дочь моя крутилась тут же, в кокетливом фартучке, напяленном поверх трусиков и лифчика. Мулен Руж.

Я решила не вмешиваться и отозвала Тролля. Каково ему было дышать этими парами! Не успела я закрыть дверь, как Ян прорычал: «Эй, псина, давай сюда!» И Тролль радостно побежал к ним на кухню, а через пять минут вернулся счастливый, облизываясь.

«Кости ему нельзя! — крикнула я на всякий случай, просто чтобы напомнить о себе. — От костей собака может погибнуть!»

Никто мне не ответил.

А вечером! Господи, что творилось у нас вечером!

На этот самый плов привалила целая орда. Один страшней другого. Пришли двое с мощными бицепсами в черных свитерах, похожие, как сиамские близнецы, и такие же узкоглазые, с высокими скулами. Пришел какой-то расслабленный, старообразный, с большим синим камнем на указательном пальце, пришло несколько музыкантов, и каждый принес с собой по музыкальному инструменту, потом, очень торжественно, с большим букетом, ввалилась страшно знакомая физиономия, но я никак не могла вспомнить, актер он или еще кто.

О женщинах лучше не упоминать вовсе. Приличной ни одной. Одеты как шлюхи. Юбки короче трусов. В конце кошмара, правда, появилась белозубая красотка, настоящая красотка — горбоносая, высокая, с тонкой талией, но так быстро, так безобразно напилась, что какая уж там красота!

Не знаю, что они все-таки отмечали? Нюрину свадьбу? День Победы? Я сидела в своей комнате и плакала, а в доме у меня стоял страшный грохот пополам с музыкой, выкриками, тостами, топотом каблуков по полу. Тролль сначала лаял, набрасывался на дверь (мы с ним заперлись), потом сник и начал поскуливать. В десять я решила вывести его погулять и осторожно выглянула в коридор. Расслабленный с синим камнем прижимал к вешалке толстую блондинку и что-то икал ей в шею, а блондинка закатывала глаза и шарила жадными пальцами по его ширинке! Поскольку они не обратили на меня ни малейшего внимания, я тоже решила сделать вид, что мне наплевать, и прошла мимо них в ванную, думая умыться. Но там рвало лысого музыканта, который, очевидно, перепутал ванну с унитазом! Дверь в большую комнату была настежь, и я увидела свою дочь — красную, хорошенькую, сидящую на коленях одного из сиамских и слившуюся с ним в поцелуе! А зять мой, абсолютно пьяный, наигрывал в углу на гитаре. В комнате, кстати, странно пахло: вроде бы сигаретами, только сладковатыми.

— Мамка! — закричала дочь, увидев меня, застывшую с собакой на поводке. — Будешь ужинать? Иди к нам!

Мне хотелось провалиться сквозь землю. Мне хотелось завыть, зарыдать, избить ее до крови, выброситься в окно... В висках у меня застучали молотки, перед глазами поплыла красная жижа.

— Дрянь, — закричала я, трясясь. — Вон из моего дома! Проститутка!

— Ну, ну, ну, — сказал пьяный зять, отбрасывая гитару и делая шаг по направлению ко мне. — Нехорошо, девочку обижаете. Я не позволю.

— Уйди! — закричала я так громко, что голос мой сразу сорвался. — Уйди от меня, подонок!

Глаза его стали щелочками.

— Придется успокоить женщину, — пробормотал он и вдруг скрутил мне руки за спиной.

Тролль бросился на него, но он отбил его ногой в живот, и Тролль завизжал от боли.

— Ян! — заорала Нюра, вскакивая с коленей сиамского. — Прекрати! Прекрати немедленно!

150

— Цыц! — не повышая голоса, сказал зять и отпустил мои руки. — Успокоилась?

Дальше я ничего не помню, потому что, наверное, со мной случился короткий обморок, от которого я очнулась на диване в кабинете Феликса. Кабинет был полон того же странного сладковатого дыма. Нюра прикладывала к моему лицу мокрое полотенце.

— Ты стукнулась головой, — сказала она миролюбиво. — Теперь у тебя на затылке шишка.

— Чем от тебя пахнет? — спросила я. — Что это за сигареты?

— Это ликер, — соврала она. — Принести тебе?

— Доченька, — я опять зарыдала, — ну, что же это такое? Что у нас происходит, Господи, Боже мой!

Нюра пожала плечами, лицо ее потемнело.

— Это я могу спросить тебя, что у нас происходит, — сухо сказала она. — Врываешься к моим гостям, черт знает что себе позволяешь! А потом удивляешься, что я не хочу иметь с тобой никакого дела!

Рыдания душили меня.

— Но как же? — давилась я. — Ты же у меня одна! Одна на всем свете! Ты же мое дитя! Хочешь, я покажу тебе шов от кесарева?

Она сморщилась и встала с дивана.

— Мама, — сказала она и сделала гримасу, будто ее сейчас стошнит. — Давай без анатомии. Противно!

— Что тебе противно? — обомлела я. — То, что ты моя дочь, моя плоть и кровь?

— Ненавижу я эти разговоры о плоти и крови, — скривилась она. — Ладно, хватит.

Она ушла. Я услышала ее громкий смех, потом опять включили музыку, и пошло! Я добрела до своей спальни и рухнула на кровать, не раздеваясь. Засыпая, я вспомнила, что ничего не ела сегодня, кроме чая с хлебом, да и то рано утром.

15 мая. Все кончено. Моя дочь — наркоманка. Этот странный запах, который я тогда унюхала, был запахом марихуаны. Ян служил в Средней Азии и там привык. Он — наркоман со стажем, она — начинающая.

Я жить не могу, конец, конец. Узнала случайно, подслушала, как она спросила кого-то по телефону: «Покурим травку?»

Я стала трясти ее за плечи: «Говори, какую травку, говори сейчас!» Она меня оттолкнула. Я ударила ее по щеке. Она схватилась за щеку, и глаза ее стали ярко-розовыми. Так же бывало у Феликса, когда он выходил из себя. Она оттолкнула меня еще раз, сильнее. Тогда я вцепилась и выдрала у нее кусок воротника. Она бросилась в коридор и оттуда на меня плюнула! Она, кстати, часто плевалась, когда была маленькой, я хорошо помню, потому что из-за этих плевков нас с Феликсом вызывали в школу. В четвертом классе Феликс сводил ее к психотерапевту, и тот дал справку, что у нее невроз.

Я побежала за ней, она закричала: «Не смей!»

Тогда я упала перед ней на колени. Не знаю, как это произошло, что со мной случилось — почему я упала на колени перед ней, девчонкой, мерзавкой, только что поднявшей на меня руку?

Кажется, она дико испугалась. Она не бросилась меня поднимать, но прижалась затылком к зеркалу и смотрела на меня с ужасом. А я стояла на коленях и говорить уже не могла, задыхалась.

Это была сцена! Слава Богу, ее никто никогда не увидит, слава Богу — это останется между нами.

— Мама, если ты не встанешь, — сказала она, — я вызову «Скорую» из психбольницы. Они тебя заберут.

— Вызывай, — прошептала я и встала. — Еще что?

— Ничего, — звонко ответила она. — Мы так больше жить не можем.

— Какую травку? — спросила я. — Скажи правду, и я уйду. Какую ты куришь травку?

— Господи, — сморщилась она, — да никакую! В Голландии марихуану продают в аптеках! Если мы один раз, в шутку, покурили с ребятами, это значит, что мы наркоманы?

— Значит, да, — сказала я. — Значит, с вами все кончено.

— Господи, дичь какая! — пробормотала она. — Судишь о вещах, в которых ты ничего не понимаешь!

— Что мне понимать? — закричала я. — Ты не знаешь, что принят закон против наркомании? Ты не знаешь, что наркоманов сажают в тюрьмы, что их ссылают? Ты не знаешь, идиотка, чем это кончается? Ты думаешь, что из тюрьмы возвращаются?

Она зажала уши ладонями.

— Я найду на тебя управу, — прорыдала я и, кажется (совсем глупо!), погрозила ей кулаком. — Ты у меня попрыгаешь!

— Ой, Боже мой! — захохотала она. Щека, которую я ударила, была ярко-малиновой. — Ой, как страшно! Да я тебя завтра упеку в сумасшедший дом! Ты — хулиганка и шизофреничка! Не зря папа ушел! Намучился!

20 мая. Мне нужно искать работу. Деньги кончатся — чем я буду кормить Тролля? Феликс не появляется, с Нюрой мы не разговариваем. Сегодня мне показалось, что кто-то шарил у меня на столе, пока я была в магазине. Интересно, кто и зачем? Нужно проверить, не ошибаюсь ли я.

22 мая. Я не ошиблась. Проверить, что у меня на столе был гость, оказалось проще простого. Старый испытанный метод: взяла волосок и положила его на одиннадцатую страницу. Потом засунула книгу с волоском под несколько других толстых книг. Вечером открыла: волосок оказался на шестой! Теперь нужно выяснить самое главное: кто этот гость и зачем ему мои книги?

23 мая. Слава Богу, это не Нюра. Более того, это не Ян. Это тот тип, который был на их вечеринке. Один из сиамских. Нюра сидела у него на коленях, и он ее целовал. Он к ним заходит. Я подслушала телефонный разговор, в котором Нюра сказала кому-то, что Сеня (это он!) живет между Израилем и Бронксом. Я думаю, что за ним и его братом стоит крупная мафия. Просто уверена. Что-то очень страшное, темное. Я ведь ничего не знаю о жизни своей дочери. Откуда, например, у Яна деньги на ростбифы, марихуану и тряпки? Он подарил Нюре кожаные брюки. Ужасные, вульгарные, но, наверное, очень дорогие. Сидят как перчатки. А Ян ведь не из самых богатых. Это ясно, иначе не стали бы они у меня ютиться, сняли бы квартиру, и дело с концом! Сиамские гораздо богаче, так я думаю. Сеня ни разу не приехал к нам на метро, все время на машине. Мне с шестого этажа не разобрать, какая марка, но судя по всему — хорошая. Что за бизнес у него в Израиле и Бронксе?

Как мне пробиться через этот ужас?

24 мая. Снился отвратительный сон. Как будто у меня начались месячные (а у меня их уже года четыре как нет!), и я плыву на пароходе вместе со своей служанкой. Да, со служанкой, может быть, даже с горбатой Тоней, которая меня вырастила. Хотя никто и никогда не применял к ней слова «служанка». Говорили только «няня» или «домработница». Короче, я плыла на пароходе, и вдруг из меня хлынуло. Я испугалась и показала свои пропитанные кровью трусы этой самой служанке, лица которой не помню. И она говорит мне: «Будет встреча. Увидишь родного». И языком пробует мою кровь на вкус.

Я проснулась с криком!

Боюсь открыть глаза и кричу, а потом чувствую — Тролль лижет мне руку.

Как она страшно сказала: «Увидишь родного». Что такое есть в этих словах, от чего мне опять хочется кричать? Кто этот — родной?

1 июня. Сиамец хочет продать Нюру за границу в качестве проститутки. Я много читала и слышала об этих делах. Наших дурочек приманивают и потом как живой товар сбывают в Израиль, Грецию, Турцию. В Америку, наверное, тоже, я точно не знаю. Вчера он был у них в гостях. Ян ушел за сигаретами, и я услышала, как сиамец сказал ей: «С твоим телом в этой дыре делать нечего! Только время зря тратишь!» Она спросила: «Ты мне что-нибудь можешь предложить?» Но я не разобрала ответа, потому что он засмеялся и ответил, смеясь и понизив голос!

Что он ищет на моем столе? Может быть, ее фотографии или какие-нибудь документы? Да, скорее всего, именно так. Ему нужно разослать ее фотографии по всему свету, по всем своим агентствам. Наверное, у него агентства в разных местах, и он хочет понять, где ему за нее больше дадут. У меня паника в душе, голая постоянная паника. Дышать нечем.

Надо дозвониться Феликсу и сообщить ему. Он должен знать, она — его единственная дочь, он ее любит. Не мог же он перестать заботиться о ней только потому, что у него появилась какая-то сучка!

Скорее бы прошла ночь. Завтра утром я буду звонить Феликсу в мастерскую.

2 июня. На удивление быстро дозвонилась. У него был кроткий голос, вежливый, словно я не жена его, а добрая знакомая или соседка по этажу.

— Как дела? — спросил он.

— Феликс, — сказала я, стараясь быть очень спокойной. — Нюра в беде. Я должна тебе все рассказать.

— Нюра? — удивился он. — Я вчера видел ее, она ни на что не жаловалась.

— Ты что! — закричала я. — Ты думаешь, я сочиняю? Или мне нужен предлог, чтобы с тобой встретиться?

— Успокойся, — кротко сказал он. — Давай встретимся и поговорим. Зайди в мастерскую.

Испытание: зайти в мастерскую! От нашего дома до мастерской — два шага пешком. Но тяжело мне это так, как будто он сказал: «Зайди в морг». Плохо, ужасно. Вся моя жизнь была связана с этой мастерской. Я пошла.

Взяла Тролля, с ним мне легче. Пахнет сиренью. Вся Москва полна сиренью, лето наступило, а я сижу в городе! Но сейчас мне нельзя уезжать.

158

Я должна быть рядом со своей непутевой дочерью.

Странно путаются мысли... От голода, что ли? Я боюсь — из-за Тролля, конечно, — проесть последние деньги и поэтому экономлю: ем по чуть-чуть. Да и не хочется уже, отвыкла.

Феликс открыл мне дверь. В прихожей темно, как всегда. Лампочка, как всегда, перегорела. Мне показалось, что он похудел.

— Проходи, Наташа, — сказал он. (Ну точно как соседке по этажу!)

Я вошла в комнату, где раньше было много моих изображений: фотографии с Нюрой и без, мой портрет, написанный одним из его приятелей в качестве дипломной работы, другой мой портрет карандашом, выполненный самим Феликсом, чьи-то шаржи на всех нас: меня, Феликса, Нюру...

Ничего не осталось. Он все убрал. Кроме детской фотографии Нюры, ничто не напоминает о том, что мы прожили вместе двадцать шесть лет.

— Наташа, — сказал он, пока я озиралась, — что у тебя с деньгами?

Ну, это по-королевски! Ни слова об уходе, зато подчеркнул, что он не подонок: бросить — бросил, но не на голодную смерть, что вы...

Я кивнула на Тролля:

— Раз он сыт, значит, в порядке.

— Нет, — сказал он, — я понимаю, что оставил тебе ерунду. В конце месяца получу некую сумму и тогда дам, сколько смогу. А пока вот...

И он вытащил из кармана конверт. Опять конверт! Как на почте!

Мне показалось, что внутри у меня, там, где сердце, налился огромный волдырь.

Феликс протянул мне деньги. Я хотела сказать ему что-то откровенно нелепое, вроде «благодарствуйте» или «как это мило с вашей стороны», но у меня задрожал подбородок, и я ничего не сказала.

Он откашлялся, избегая моего взгляда.

— Так что с Нюрой? — сказал он.

— Она попала в ужасную компанию, — ответила я. — С тех пор, как ты ушел, у нас в доме поселился мафиозник.

— Ян? Ну, это мне известно, — сказал Феликс.

Я ждала чего угодно, только не этого! Ему известно! Они все заодно! Значит, я не ошиблась: это заговор против меня.

Может быть, Феликс даже специально ушел из дому, чтобы не присутствовать при том, как этот козел в черной майке начнет сживать меня со свету?

160

— Так что с Нюрой? — повторил он.

Меня тошнило от страха и больше всего хотелось убежать из этой комнаты, никогда не видеть его больше, спрятаться ото всех, спрятать от них свою собаку!

Но я сдержалась. Теперь надо было разыграть дурочку.

— Ты не хуже меня понимаешь, в каком мире мы живем, — холодно сказала я. — И в какое время.

— Знаю, — раздраженно ответил он. — Можешь конкретнее?

— Люди, которые приходят в гости к нашей дочери, — еще холоднее сказала я, — не соответствуют ее интеллектуальному и культурному уровню.

Он дико посмотрел на меня.

— Я бы хотела, чтобы она нашла себе других друзей и перестала бы валяться со всякой шпаной.

— Что значит «валяться»? — пробормотал он. — Они жениться собираются.

— Неужели? — захохотала я. — Это кто тебе сообщил? Ян?

— Наташа! — перебил меня Феликс. — Ты сгущаешь краски. Никакой катастрофы пока — я подчеркиваю: пока! — не происходит. Тебе надо присмотреться к этому парню. Привыкнуть. Может быть, он и не так плох...

— Ну, знаешь! — Я продолжала хохотать. — Ну, знаешь! Ты, значит, дожив до благородных седин, сам начал валяться (что это слово прицепилось ко мне, не понимаю, само выскакивает!), ты, значит, начал валяться с какой-то... — Я остановилась, подыскивая эпитет...

— Хватит, — сказал он ледяным тоном. — Все. Мы расстались. Я не хочу ничего слушать. У меня нормальные отношения с дочерью, ясно тебе? Ты всегда нам мешала! Ты всегда хотела перетянуть ее на свою сторону!

— А ты выгони меня! — прошептала я и близко подошла к нему (о Господи! Двадцать шесть лет!). — А ты спусти меня с лестницы! Зачем со мной церемониться!

Он схватился за остатки своих седых волос, и я вдруг увидела, как он постарел, какая у него морщинистая шея и старые уши!

— Наташа, — сказал он громко, как глухой. — Я не знаю, чего ты требуешь от меня. Вернуться я не могу. Постарайся справиться со своей жизнью сама. Я много лет брал на себя все, что мог. Это время кончилось, ты не девочка.

Домой я возвращалась по Никитскому. Мне

казалось, что даже земля пахнет сиренью, даже скамейки!

Когда моя Нюра была маленькой, мы гуляли с ней на этом бульваре. Вон там, на детской площадке...

Кто такой сиамец?

6 июня. Ночью я ворочалась без сна, все прикидывала: что же делать? Поняла, что делать нечего. Мир распадается. Вот я смотрю на людей: разве они нормальные? Да нисколько! Помню, несколько дней назад мы с Троллем вышли на Тверскую. И тут же все загрохотало, почернело, засверкало. Ливень обрушился, как стена. Мы спрятались под козырек дома, а мимо по улице бежали люди, перепрыгивая через потоки. Мне показалось, что, прежде чем Тверская опустела и целиком перешла во власть урагана, по ней — с визгами, криками — пронеслось несколько тысяч человек.

Больше всего оказалось проституток. Они высыпали, как горошины, и покатились, сверкая ногами. Голые женщины, ярко накрашенные, с облепившими их длинными волосами, бегущие по воде в поисках пристанища! Библейская картина. Грешницы, спасающиеся от гнева Господня. А потом я увидела, как в двух шагах от нас, из двери ресторана, куда официанты торопливо затаскивали столики с улицы, появился Молох — огромный, заросший густой черной шерстью. Рубашка его была расстегнута, и через всю грудь сверкала тяжелая золотая цепь с массивным кулоном. Молох подставил под грозу жирное тело, раскинул руки, закинул голову и захохотал, зарычал!

О, он не был человеком, не был, мы с Троллем это сразу учуяли, нас не обманешь!

8 июня. Нюра поругалась с Яном, и он ушел.

Я проснулась в гробовой тишине — удивительной, потому что вчера наша квартира буквально сотрясалась — так они оба кричали!

— Ты, ты, ты — сволочь, бездарность, ты предал меня, предал! — надрывалась моя дочь.

— Блядь! — орал он. — Да скажи спасибо за все, что я сделал! Ты бы сейчас знаешь где была? Сука вонючая!

«Концерт» продолжался до глубокой ночи, потом они оба затихли, и я заснула. Проснулась поздно. Такое впечатление, что дома никого. Вышла с собакой во двор, вернулась. Открываю дверь — Нюра стоит в дверях. Глаза — широко открыты, но меня не видят, тушь размазана по всему лицу. Сначала мне показалось, что она пьяна, но я ошиблась. Она была какая-то мутная, невме-

164

няемая, но не пьяная, потому что я подошла близко и принюхалась: спиртным не пахло.

— Что случилось? — спросила я. Она не ответила. — Нюра! — Я повысила голос и легонько тряхнула ее за плечо. Она смотрела и не видела меня. — Нюра!

Она отвернулась и пошла в комнату. Я бросилась за ней. В комнате — все вверх дном. Шкаф нараспашку, одеяло на полу, грязь, окурки, гадость! Она тихо легла на кровать и натянула на себя простыню. Я заметила на ее шее что-то вроде кровавого подтека.

— Что это? — Я дотронулась до подтека пальцем, и она вздрогнула, словно я ее ударила.

— Мама, — вдруг сказала она, — полежи со мной.

Полежи со мной! Так она просила, когда была маленькой! Когда у нее болело что-нибудь и она не могла заснуть, или боялась темноты, или была разбужена плохим сном... Слезы хлынули из меня, словно кто-то открыл кран, и они вырвались на волю.

Я осторожно сбросила туфли, легла рядом с ней.

Нюра прижалась ко мне и закрыла глаза.

— Спи, спи, спи, — забормотала я. — Спи, моя маленькая, радость моя...

Я обняла ее и начала убаюкивать.

— Спи, спи, деточка, — шептала я. — Ты устала. Мама с тобой, мама тебя не оставит...

Волосы ее пахли дымом, тело — чужим мужчиной. Я чувствовала эти запахи не хуже собаки, но они не мешали мне.

Я укладывала спать своего ребенка, свою единственную дочку, и ждала, чтобы она успокоилась.

Наконец она действительно успокоилась и заснула. Я лежала рядом, боялась шевельнуться. Слезы продолжали течь, но я их не вытирала, потому что руки были заняты — обнимали и гладили ее голову.

О, если бы Бог пожалел меня и остановил мгновенье! Если бы мне оставили только это: загаженную комнату, развороченную постель, на которой она спит, прижавшись ко мне! И больше ничего! Я ведь ничего не прошу, кроме этого!

Через час она вскочила, бросилась к телефону, набрала номер. По всей вероятности, ей не ответили. Тогда она начала лихорадочно листать записную книжку. Неужели разыскивает его?

— Нюра! — Я уже была в кухне и оттуда наблюдала за ней (жарила оладьи, хотела ее покормить). — Нюра! Кому ты звонишь?

— Перестань шпионить! — крикнула она и изо всей силы захлопнула дверь.

Вот тебе и «полежи со мной»!

Потом я услышала, как она заискивающе спросила кого-то: «У вас Ян случайно не появлялся?» Потом еще кого-то, еще... Мне кажется, она обзвонила всю Москву! Его нигде не было. Или он прятался от нее, мерзавец! Когда она принялась за Институт Склифосовского, я не выдержала.

— Нюра! — закричала я из кухни. — Где твоя гордость? Что ты, с ума сошла?

— Отстань! — завопила она. — Сию минуту оставь меня в покое! Добилась своего, да? Добилась?

Она зарыдала, потом опять начала звонить. И вдруг — я уж не знаю, куда она прорвалась, — но он ответил!

— Ян! — громким детским голосом (наверное, от испуга) залепетала она. — Пожалуйста, прости меня!

Чтобы так унизиться, дура! Он, наверное, бросил трубку. Она выждала десять секунд и опять позвонила.

— Ян, — зашелестела она, — Януш! Ну прошу тебя! Ну хочешь, я все-все сделаю?!

Нет, это просто черт знает что! Я стиснула зубы и решила не вмешиваться. Сейчас он ее пошлет окончательно.

Она вбежала ко мне на кухню сама не своя: во рту незажженная сигарета, глаза блестят, щеки — огненные.

— Мама, сделай для меня одну вещь, одну очень, очень важную вещь!

— Какую вещь? — говорю я. — Что с тобой происходит, ты что!

— Мама, позвони вот по этому телефону, — сует мне в нос какую-то бумажку, — и попроси его. И он подойдет. Тогда скажи, что меня забрали в больницу, потому что я выпила упаковку снотворных таблеток. Но не говори, в какую больницу, скажи, что я не велела, и положи трубку!

— Ненормальная! — закричала я. — Ты не-нор-маль-ная! Я тебе сейчас неотложку вызову!

— Мама! — шепчет она и даже протягивает ко мне руки, как бы умоляя (у нее и в детстве был этот жест, помню!). — Мама! Если ты не сделаешь этого, ты будешь моим врагом, слышишь! Самым страшным моим врагом! Я тебе клянусь!

У нее было такое лицо, что я перепугалась.

— Подожди, — говорю, — положим, я скажу? Он же поймет, что ты наврала!

— Не поймет, не поймет, — забормотала она, — вот этого он никогда не поймет! Как только ты ему скажешь, я уйду к Маринке и буду там сидеть два-три дня! А он пусть ищет меня по всем больницам!

— Не хочу я звонить, — заявила я решительно. — Я не могу потакать твоим идиотствам! Слава Богу, что мы от него избавились! Я ему готова в ноги поклониться за то, что он тебя бросил!

— Я без него не буду, — раздельно и внятно сказала она, раздувая ноздри и бледнея. — Я не буду без него!

— Что? — испугалась я. — Что «не буду»?

— Жить, — ответила она. — Вот что!

— У тебя сексуальное помешательство, — заорала я. — Тебе надо бром давать! Дают же солдатам в армии!

— А мне наплевать, как это называется, — она понизила голос, но произнесла это очень отчетливо. — Сексуальное? Тем лучше! Да, сексуальное! У меня вот здесь — болит!

И показала мне пальцем, где именно... Я набрала номер, написанный на бумажке. Никто не ответил.

— Ну? — спросила я. — Еще что прикажешь?

Она помотала головой и ушла к себе. Наверное, опять легла. А вечером, уже часов в десять, явился сиамец! Я увидела в глазок, что это он, и первым моим побуждением было — не впускать! Но она выскочила в коридор и сказала мне:

— Я сама.

Я подслушала их разговор. Что еще оставалось?

— Сеня, — сказала моя дочь. — Сделай, пожалуйста, чтобы он вернулся! Умоляю тебя!

Сиамец захохотал. Она всхлипнула.

— А может, мы его того? — спросил он. — На запчасти пустим?

Я помертвела. Стало быть! Стало быть! Подтвердилось!

«На запчасти» — значит «на органы», вот что! Я-то думала, что Нюру хотят отправить за границу в публичный дом, но я их недооценила! Они вынимают из живых людей почки, сердце, легкие и продают их! Я же читала, что существует такой бизнес! Об этом даже говорили по телевизору!

Господи, помоги нам. Господи, если Ты есть (о, я кощунствую, Ты есть!), Господи, услышь меня и помоги нам!

«Надо молиться, молиться, просить Его!» — думала я, а сердце стучало так, что было слышно на улице.

Сиамец вскоре ушел, Нюра долго плескалась в ванне и, кажется, плакала. Потом погасила свет. Я не спала всю ночь.

9 июня. Страшно было оставлять ее одну в таком состоянии. Но в одиннадцать к ней пришла Марина, ближайшая подруга, они заперлись и начали шушукаться.

— Марина! — крикнула я через дверь. — Ты у нас долго пробудешь?

— Весь день! — бодро ответила она.

Мне нужно было срочно увидеть Платонова и посоветоваться с ним. Больше довериться некому. Ни единому человеку.

Тролля оставила дома. Лето, электрички переполнены, зачем его таскать! Подхожу к платоновской даче. В сторону своей даже не смотрю, не до того. На террасе у Платонова какая-то девочка лет четырнадцати варит в тазу варенье. Я поздоровалась и спросила, где Николай Константинович.

— Я — Нина, — говорит девочка и разглядывает меня выпуклыми глазами. — Дядя в больнице. Маму к нему вызвали.

Тогда я поняла, что это дочка его двоюродной сестры из Архангельска.

— А что случилось? — испугалась я. — Заболел?

— А вы, — удивилась она, — ничего не знали? У дяди же рак, он помирает! Мама там с ним, мы уже неделю как приехали.

Я спросила, в какой больнице. В Первой Градской. Поехала туда.

Пока ждала электричку, вспомнила, как на этой самой станции мы с Платоновым, моло́денькие, ели пирожки с капустой.

Неужели это все еще я? И тогда — с пирожком во рту, пятнадцатилетняя, веселая, была я, и сейчас — старая, страшная — тоже я?

Платонов лежал в десятиместной палате на третьем этаже. Его кровать была у самого окна. Рядом, на стуле, сидела женщина — двоюродная сестра из Архангельска.

Изменился он до неузнаваемости. И не в том даже дело, что вместо крупного, полного Платонова передо мной был скелет, обтянутый кожей, а в том, что вместо старого человека (а Платонов всегда казался старше, чем был!) лежал юноша — смуглый, с прекрасным длинным лицом, редкой бородкой и бескровными губами, которыми он что-то шептал. Когда я подошла, глаза его были

172

полузакрыты, и сестра сказала, что он почти без сознания. У него боли, ему дают наркотики.

Я опустилась на корточки перед кроватью.

— Коля! — сказала я. — Узнаешь?

Платонов открыл мутные глаза, которые косили гораздо сильнее прежнего, и поэтому казалось, что смотрит он не на нас, а внутрь собственного лица.

— Солнышко! — сказал он еле слышно. — Где собака?

— Бредит, — вздохнула двоюродная. — Весь в метастазах.

— Да, — прошептал Платонов и сделал недоумевающее движение прозрачными пальцами. — Они вот везде. Они вот уже отсюда идут, метастазы...

Он дотронулся до своего смуглого помолодевшего лба.

— Вот, солнышко, — вздохнул он. — Вот они. Видишь? И идут, идут. Не могу остановить. — И добавил с удивленной почтительностью, словно чью-то знаменитую фамилию: — Ме-тас-та-зы...

Ни боли, ни страха не было на его лице. Только это настороженнос внимание к тому, что с ним происходит.

— Родной мой! — сказала сестра, и я обратила

внимание, что они с Платоновым слегка похожи (она была замечательной красоты женщина, несмотря на возраст). — Родной мой! Хочешь попить? Водички хочешь?

— Водички? — эхом отозвался Платонов. — Хорошо, водички...

Она попоила его через трубочку. Он попытался приподняться на подушках, но не смог, тяжело задышал и опять откинулся. Косящий взгляд его еще больше затуманился, веки опустились.

— Спит? — спросила я.

— Да не поймешь, — ответила двоюродная. — То так, то этак. Через пять минут проснется. Вчера вот тоже: мы думали, он спит, а он вдруг заговорил!

— О чем? — спросила я.

— Да о многом, — ответила она. — Он ведь чудной. Здоровым-то был — о простых вещах не думал. А уж сейчас! О зверях говорил. О птицах. Потом сказал: хочу две формулы вывести. Или не формулы, я не поняла. Другое какое-то слово.

— Две? — спросила я.

— Две, — усмехнулась она и провела ладонью по щеке Платонова. — Одну, говорит, яблока, а другую — судьбы. Не поймешь, бредит или на самом деле...

— Коля! — сказала я. — Слышишь меня?

Платонов прерывисто дышал. Глаза его совсем закатились, из-под век было видно только узкую полоску белков. Рот открылся. Я вдруг испугалась, что он сейчас, при мне, умрет...

— Родной мой! — попросила сестра. — Смотри, кто к тебе пришел! Поговори с Наташей!

Он открыл глаза, и я почувствовала, как к нему медленно возвращается сознание. Я взяла его истаявшую руку, пожала и слегка приподняла ее над одеялом. Рука была невесомой, прозрачной. И тут же он слабо и ласково ответил на мое пожатие.

— Коляша, — прошептала я. — Спасибо тебе.

— Хорошо, хорошо, солнышко, — торопливо забормотал он. — Скоро увидимся, солнышко. Приходи ко мне.

(Где — увидимся?)

— Не бойся, солнышко, — шептал Платонов. — Не бойся, не бойся. Тебе все было некогда... — Он сделал паузу, словно вспоминал что-то. — Тебе было некогда, а теперь у нас с тобой... будет... время...

— Пусть поспит, — прошептала сестра. — Мы его утомляем. Видите, как ему трудно говорить. Пусть отдохнет.

Я встала, взяла со стула свою сумку.

— Пойдемте, — сказала она. — Я вас провожу и заодно покурю там, во дворике.

В дверях я оглянулась. Платонов смотрел мне вслед светлым, спокойным взглядом. Видел ли он меня, не знаю.

10 июня. Ян вернулся. Я присутствовала при этом событии. Она лежала у себя (три дня маковой росинки во рту не было, одни сигареты). Звонок в дверь. Я открыла. Он кивнул мне и прошел прямо к ней в комнату. Она закричала.

Да, я не преувеличиваю: она закричала, словно ее поезд переехал. Он, по-моему, не произнес ни слова. Дверь захлопнулась, и о том, что за нею происходило, я могу только догадываться. Наверное, он сразу же лег, не раздеваясь. Дальше я слышала только свистящее дыхание.

Ни один из них не вышел из комнаты до самого вечера. Что было вечером, не знаю, я заснула.

12 июня. Пытка моя продолжается. Сегодня утром они уехали, как сказала Нюра, «на дачу к друзьям».

— Надолго? — спросила я.

— Дня на три, — неохотно ответила она. — Будем кататься на яхте.

Господи, на какой еще яхте! Где у нас тут кататься на яхтах! Нашли себе Ниццу! Я знаю, что все самые страшные мафиозные разборки происходят на таких вот дачах! Оттуда-то и спускают трупы в речку!

Вчера к нам ввалились сиамские. Долго что-то втолковывали Яну. К чему-то, как я поняла, склоняли, а он не соглашался. Говорили они совсем тихо, но я расслышала несколько раз произнесенное слово «баксы».

У Нюры бессмысленное лицо.

Звонил Феликс, просит подождать с деньгами.

13 июня. Утром поехала на Ваганьково навестить родителей. Давно не была, стыдно. С утра накрапывал дождик, но к полудню прояснилось.

Могила моих рядом с высоким черным обелиском. Посреди обелиска — имя: Евграфов Антон Васильевич (1864—1903). И чуть пониже наклонными буквами: «Врачу-человеку от товарищей».

Девочкой я придумала себе целую легенду об этом Евграфове. Ему было тридцать девять лет, когда он умер. Скорее всего, он умер от какого-то несчастного случая, может быть, как чеховский Дымов. Или работал на холерной эпидемии и заразился. Иначе зачем ему написали эти слова: «врачу-человеку»?

Сколько я себя помню, никто никогда не приходил на эту могилу. Зимой снег доходил до середины памятника, а потом медленно таял, оставляя грязные подтеки на мраморе.

Сегодня я увидела, что на скамеечке за оградой сидит женщина. Меня это удивило и даже испугало немножко. Кто вспомнит о человеке через девяносто с лишним лет после его смерти?

Я протерла мокрой тряпкой мамин камень, выгребла сгнившие листья. Женщина на скамеечке сидела неподвижно, словно застыла. Средних лет, бледная, худая, гладко причесанная, вся в черном. Выщипанные брови, руки в кольцах. Мы встретились глазами, и вдруг она кивнула мне, как знакомой. Я почему-то вся похолодела.

Она говорит:

— Спасибо, что вы за ним присматривали. — И указывает на памятник «врачу-человеку».

— Я не присматривала, — ответила я. — Когда я присматривала?

— ...Ну, — усмехнулась она. — Вы еще девочкой, когда навещали свою мать, клали ему на могилу цветок или ветку, забыли?

— Ах, это! — сказала я. — Да, действительно...

Мы помолчали. Потом я спросила:

— А вы что, родственница? А то странно как-то: старое захоронение, 1903 год, и вдруг вы пришли...

178

— Что же тут странного? — сказала она. — Можно и через сто лет прийти. Время мы сами выдумываем...

Я удивилась, не нашлась, что сказать.

— У меня к вам есть разговор, — сказала она и поднялась со скамеечки. — Приходите завтра.

— Куда? — не поняла я. — Сюда, на кладбище?

— А что? — У нее вдруг стало презрительное лицо, словно я сказала глупость. — Что вам здесь мешает? Смерти боитесь? Так ведь смерть-то не здесь. Она там, в городе.

У меня вдруг начала болеть голова, и эту женщину с выщипанными бровями я видела словно в каком-то тумане.

— Приходите, приходите, — повторила она. — Я хочу вас поблагодарить за него. — И опять кивнула на черный памятник.

— Вы меня знаете? — спросила я. — Вы меня раньше видели?

— Завтра, завтра, — заторопилась она. — Все завтра.

Встала и пошла по дорожке, не оглядываясь.

Я вернулась домой — разбитая. Мигрень кончилась, но в голове стоит какой-то звон, и я плохо понимаю, что происходит. Нюры нет, она на «даче».

На какой даче? Что с ней там делают? Позвонить, может быть, Феликсу? А где гарантия, что он скажет мне правду?

Сейчас уже поздно, темно. Мой Феликс, наверное, лежит в постели с этой женщиной, из-за которой он нас бросил. Мне безразлично. Даже если бы я была там, в той же комнате, и видела, как он обнимает ее, мне и тогда было бы безразлично.

Куда-то я собиралась пойти завтра... Ах да! На кладбище. Нет, не пойду. У этой, бледной, в кольцах, кстати, знакомое лицо. Я ее уже видела...

14 июня. Сегодня весь день лежу. Тролля выпустила на улицу и сказала: «Поешь и погуляй». Кормить его нечем. Но у меня еще остались деньги, завтра я встану и куплю ему яиц и овсянки. Он очень умный. Если я сказала «поешь и погуляй», он и поест (найдет что-нибудь!), и погуляет. Счастье мое.

Через час я (как была, в халате) спустилась вниз, открыла подъездную дверь и впустила его. Потом опять легла.

Где моя доченька? Ау!

15 июня. Утром позвонила двоюродная сестра Платонова. Он умер ночью. Похороны послезавтра. Говорит: «Слава Богу, что мы не успели

180

проесть все квартирные деньги, а то не на что было бы хоронить».

Хоронить будут у нас, на Ваганькове, в родительскую могилу. Я, конечно, пойду.

Отпевание в десять.

Вечером приехала Нюра со своим. Она заглянула ко мне в комнату. Слава Богу, жива. Но лицо тревожное. Что-то, наверное, случилось. Может быть, сиамец?

— Мама, — сказала она. — Ян там мясо жарит. Принести тебе?

Еще чего! Чтобы я из его рук хоть крошку взяла! Лучше сдохну!

Надеюсь, они накормят собаку.

17 июня. В церкви было душно, работал вентилятор. Батюшка все время вытирал пот с лица. Батюшка молодой, но красный и толстый, как женщина. Пели хорошо, только — мне кажется — немножко торопились. Никто не плакал. Народу мало. Увидела несколько знакомых. Все постарели, не узнать.

Меня поразило то, что Платонова в гробу не было. Лежащий там покойник не имел с ним ровно ничего общего. Это был просто какой-то умерший, я бы сказала, условный умерший, с восковым, как у всех умерших, лицом, с восковыми руками. Ни одной платоновской черты! Ничего, что напоминало бы полного, кудрявого Колю!

Прощаясь, я наклонилась, поцеловала ледяной лоб, перекрестила его.

Ко мне подошла двоюродная со своей дочкой, и я сказала:

— Все, кого мне доводилось провожать, были похожи на себя, а он — нисколько.

— Да, — быстро ответила она. — Так бывает. Душа покидает тело по-разному. Одна быстрее, другая медленнее. Чем она, знаете, меньше привязана к земному ко всему, к плотскому, тем ей легче. Некоторые — ох, как мучаются, пока оторвутся! А наш — сразу ушел.

Ну вот. Платонов ушел, а я с ним ни о чем не успела поговорить. А он совсем ушел. Сразу. Ах, какая пустота, Господи!

20 июня (6 часов вечера). Этого не было, это неправда.

По порядку. Тихо, по порядку! Я должна записать.

Сегодня опять поехала на кладбище. Думала, к Коле зайду, цветы на родителях полью. Поехала. На докторской могиле сидит та же самая женщина в кольцах.

Приветливая, спокойная. Все как тогда. Выщипанные брови.

— Вот хорошо, — говорит, — что вы пришли. Мне вам нужно кое-что рассказать.

Меня как ударило: про Нюру!

— Нет, — говорит. — Не про Нюру, про вашего сына.

— У меня нет сына, — говорю я.

— Разве? — спрашивает она. — Нет, он у вас есть.

Я подскочила.

— Слушайте, — кричу, — бросьте мне голову морочить! Нет у меня никакого сына!

— Ну, тогда давайте вспоминать вместе, — говорит она. — Май 1974 года помните? Роддом на Первомайской? Вас привезла «Скорая», так? Рано утром, в четыре? Вспомнили?

У меня опять в голове зазвенело. Прошу ее:

— Молчите, не надо...

Она отмахнулась:

— Слушай меня. Муж тебя вынес на руках, помнишь? Потому что тебе нельзя было двигаться, а ни носилок, ни санитаров не было. Из тебя хлестала кровь. И тут ты взяла да пошутила от страха, помнишь? Что ты сказала?

— Не помню, — бормочу я, а в голове — звон, звон, сейчас разорвется!

— Ты сказала: «Несешь меня, как Пушкина после дуэли».

Кажется, да. Пошутила...

— Тебя осмотрели и велели мужу ехать домой. А тебя — на стол. Помнишь?

...Господи!

— Повезли в операционную. Ты спросила: «Что будет с ребенком?» Помнишь, что тебе ответили?

...да, я помню!

— Тебе ответили: «О ребенке забудь». Ввели наркоз. И ты провалилась!

...помню, помню... Я провалилась в голубую воду и поплыла в ней...

— А когда ты очнулась, все уже было позади, ты лежала в палате и была не одна...

...я была не одна. Рядом с кроватью стоял хирург, который делал мне кесарево...

— И что он сказал тебе? Ну, вспоминай!

...помню... я помню...

— Он сказал: «Молодец, поздравляю, мальчик у тебя!» И ты заплакала.

...отпусти меня, хватит!

Она сделала паузу, словно что-то мешало ей...

— Вечером, — тихо заговорила она опять, —

в твою палату вошла врач-педиатр. Она была высокая красивая блондинка. Назвала тебя «мамочкой». Помнишь, что она сказала?

...посмотрим, мамочка, куда ваш ребенок повернет... Очень слаб, весь в отеках. С большими проблемами. И мозг, и легкие. Так что, мамочка, особенно не надейтесь...

— Ты не спала всю ночь. Просила дежурную няньку принести ребенка...

...не надо!

— Утром опять пришла блондинка и сказала: «Возьмите себя в руки, не отчаивайтесь, вы — молодая, здоровая... У вас еще будут дети». Помнишь, что ты сделала?

...я вскочила с кровати, чтобы побежать туда, к нему. Я кричала: «Неправда! Покажите мне его!» Да, я кричала...

— Блондинка не смогла с тобой справиться, ты вырвалась. Она испугалась, что ты сорвешь повязку, и позвала няньку — огромную мускулистую бабу... Нянька схватила тебя за руки, а врачиха за ноги. Ты рыдала на всю больницу!

...пожалуйста, пожалуйста, покажите мне его! Пожалуйста! Ну что вам стоит! Я же только посмотрю!

— В палату начали заглядывать другие больные, и тогда нянька гаркнула, обрызгав слюною твое лицо. Помнишь?

...помню, помню... Она обрызгала меня слюной и проорала: «Свяжем тебя сейчас, хулиганка! Доиграешься!»

— Потом пришел еще один врач, пожилой, седой. Приказал сделать укол. Тебе сделали укол, ты затихла. И он сказал: «Я с ней посижу...»

...он пододвинул стул и сел рядом с кроватью. Он почти ничего не сказал мне, так, общие слова, но я его не забуду...

— Тебя выписали на восьмой день, помнишь? Феликс встретил тебя с цветами.

...ужасно! Он стоял в раздевалке — подтянутый, красивый, с большим букетом сирени. Вот почему меня преследует этот запах! Нянька — не та, страшная, а другая, молоденькая, поддерживала меня под руку. Я увидела его с этим букетом, и что-то оторвалось у меня внутри.

— Ты подошла к нему. И он — помнишь? — обнял тебя и сказал: «Ну, ладно. Все будет хорошо. Первый блин...»

...я чуть не ударила его, но сдержалась. В конце концов, кроме него, у меня не было ни одного родного человека...

На Ваганьковском кладбище, кроме нас двоих,

тоже никого не было. Я сказала себе: нет, это не так. Рядом лежат мои родители, в двух шагах — Платонов. У меня есть близкие люди, я не одна. Эта мысль принесла неожиданное облегчение.

— Вот, — продолжала она, и я увидела себя, отраженную в ее зрачке. — Все, что могла, ты вспомнила. Остального ты просто не знаешь.

— Чего остального? — спросила я.

— Ребенок-то жив, — сказала она. — Тебя обманули.

Я не закричала, нет, это точно. Я, кажется, решила убежать от нее, но осталась. Обхватила черный камень «врача-человека» и поползла на землю.

— Ты мне лжешь, — сказала я, вжимая в камень лицо. — Признайся, ты лжешь! Кто ты?

Она усмехнулась:

— Не узнаешь? Я ассистировала при твоей операции.

Да, лицо ее было мне знакомо, но ассистентка? Не было там никакой ассистентки!

— Я принимала твоего сына. Он родился очень слабым. Но дело в том, что...

— В чем? — спросила я.

— Он был больным ребенком, неполноценным.

— Почему мне его не показали? Кто его хоронил?

— Он не умер, говорю тебе! — В голосе ее послышалось раздражение. — Его перевезли в специальный детдом. Твой муж подписал отказ.

— Что? — спросила я. — Какой отказ?

— Ну, он же всегда был предателем! — сказала она (где я слышала именно эти слова?). — Он предал тебя при первом же испытании. Решил за вас обоих.

— Что решил?

— Отказаться от своих родительских прав. Он обошел все законы. Тебе сказали, что ребенок умер. И ты поверила.

У меня почернело в глазах. Я поверила!

— Врешь! — сказала я ей. — Врешь, гадина!

— Ищи, ищи, — ответила она. — Ищи сыночка, ищи! Я же нашла своего. — И показывает на черный памятник. — Но опоздала, видишь? Опоздала, не спасла. Без меня закопали, ищи.

И смотрю: опять, как тогда, — встает и уходит, торопится.

— Подожди! — кричу я ей. — Стой! Подожди!

Она не оглядывается. Я вскакиваю с земли, бегу за ней. Оборачивается. Страшные у нее эти брови, красные, вспухшие, зачем она их выщипывает?

— Завтра приходи, — говорит она. — Завтра поговорим.

— Подожди! — умоляю я. — Где он, ты знаешь? Она не отвечает, уходит. Гадина! Гадина!

21 июня (6 часов утра). Сегодня моему сыну исполняется двадцать пять лет. Он родился 21 июня 1974 года.

Я все продумала, все восстановила. Эта женщина не врет. Она сказала мне правду. Потому что все, что она сказала, — было. Так и было.

Значит, вот что: Феликс меня обманул, потому что не хотел быть отцом слабого, больного ребенка (что значит: «неполноценного»? Чушь!).

Он предал нас: меня и моего сына. Моего единственного сына.

Я всегда чувствовала, что он жив, сыночек, я знала! А Феликс старался, чтобы я ничего не поняла! Он думает, что я ему поверила! Ха! Феликс! Я тебя разоблачила! Напрасно ты встречал меня с сиренью, напрасно! И напрасно ты вился ужом в первые дни после больницы! «Наташечка, Натулечка! Что тебе принести? Хочсшь ягодку? Клубнику?»

Принеси мне моего сына, Феликс.

Теперь самое главное. Я должна сосредоточиться и не терять головы. Главное: он жив. Господи, благодарю Тебя! Сын мой жив.

Буду его искать. Не думаю, что это так уж трудно. Куда они сдают больных детей? Москва невелика. Сколько в ней подобных домов? День и час его рождения знаю точно: 5 часов 30 минут утра, июнь, 21-е, год — 1974-й. Фамилию мы не меняли. Имя? Как же его там, без меня, назвали? Сергеем? Может быть, Александром?

Искать, искать, искать, Наталья!

План мой таков: разыскиваю сына и немедленно забираю его домой. Феликсу даже ничего не говорю, пусть потом удивляется! Они думают, что меня хоронить пора, что я — тень, а — вот вам! У меня сын есть, и этому сыну нужна мать. И мать для него костьми ляжет. Нюру я должна буду поставить перед фактом: так и так, девочка, вот твой брат, познакомьтесь. Папочка, правда, посчитал, что тебе лучше одной, но ты ведь хотела братика, так? Вот тебе братик. И придется вам с Яном потесниться. Моему сыну нужна отдельная комната, он уже намыкался по детдомам!

О, я буду вести себя решительно, они меня еще узнают! С чем я воевала-то прежде, чего я добивалась? Чтобы Феликс, лысый старикашка, мне

190

не изменял? Да на здоровье! Чтобы Нюра перестала спать с кем попало? Ах, это же ее жизнь, не моя! Пусть себе спит, лишь бы не убили, в Турцию не продали.

А у меня — свет появился в жизни, свет.

Тороплюсь на кладбище. Она должна там быть. У меня к ней много вопросов.

21 июня. Весь день прождала ее на могиле «врача-человека». Не пришла. Забыла, что ли? Или она меня нарочно мучает? Неужели не понимает, что мне каждый час дорог? Я решила, кстати, изменить тактику: нужно постараться расположить к себе Нюру, ее бородатого и даже сиамца. Потому что сейчас, когда самое главное — это разыскать сына, я должна беречь силы для него. Не распускаться по мелочам, копить энергию.

Вечером позвонил Феликс. Спрашивает, как у меня с деньгами. Я услышала его голос и задохнулась от ненависти. Но ничего не поделаешь. Деньги нужны для сына. Плюс собака. О себе не думаю, не пропаду.

Феликс спросил, может ли он «заглянуть» завтра, занести мне «пособие». Сказала «да», но только после семи. (Кладбище в шесть закрывают, а мне еще добираться!) Он удивился:

— У тебя что, дела? (Привыкли, что я сижу дома, небо копчу!)

— Да, — говорю, — у меня дела.

21 июня (6 часов вечера). Умираю со смеху, просто катаюсь. Пришел мой благоверный. А я причесалась, кофточку надела, щеки напудрила. Посмотрелась в зеркало: что надо! Пришел. Смутился. Замялся в прихожей. Я ему говорю спокойно:

— Проходи, дорогой, кофе выпьешь?

Он глаза выпучил, снял кепку.

— Когда ты так приглашаешь, с удовольствием.

— Но мы же, — говорю, — друзья? Ведь друзья?

Пошла к плите, вильнув бедрами. Он покраснел, начал смотреть в окно. Конечно, ему неловко: пожилая женщина, и вдруг — такие сигналы! Думаю: что бы еще? Как мне его добить? Чем?

У меня прекрасный голос. Я в детстве училась петь. Феликс всегда любил, когда я пела. Беда только в том, что жизнь наша поворачивалась в сторону, противоположную вокалу.

И вот я вожусь с кофейником, а сама напеваю:

— «Песнь моя летит с мольбою...»

Он совсем растерялся. Смотрит не в окно, а на меня, прямо в мой поющий рот.

— «Песнь моя, о песнь с мольбою...»

192

(Я уж и слов-то не помню, бедный Шуберт!) Сервировала кофеек. Ничего лишнего: две лазоревые чашечки (от балерины-покойницы, свекрови моей!), сахарный песок, лимончик.

— Что-то с тобой произошло, Наталья? — говорит он полувопросительно. — Я не ошибся?

Я кивнула. Он сделал слишком большой глоток и закашлялся.

— Можно узнать, что именно?

— Именно, — хохочу я, — нельзя.

— Уж не влюбилась ли ты?

(Краснеет, как петушиный гребень! Ах ты, подлец! Тебе, значит, можно на старости лет спать с молоденькой, бросить жену-старуху, дочь-идиотку, дом, собаку, все бросить, все растоптать, когда вокруг и так все растоптано, а ты, скотина, образина лысая, что ты на меня выпучился, ты лучше скажи, где ребенок мой!)

— «Песнь моя летит с мольбою...» — пою, пою из последних сил, пока кофе горячий.

Феликс на меня странно смотрит.

— Как ты себя чувствуешь, Наташа?

— Прекрасно, — говорю, — а что?

— Нет, — бормочет он, — я просто так спросил.

«Пора сменить пластинку, — подумала я, — не в оперу пришел!»

Перестаю петь и спрашиваю:

— Любви все возрасты покорны, дорогой? Все-все?

Он закашлялся. Я смеюсь — заливаюсь:

— Феличка!

(Когда я его так последний раз называла?)

— Фелюша! Просрали мы с тобой жизнь, а?

Он подавился. Наверное, на мою неизящную речь (он очень изящно выражается, никогда ни одного грубого слова! Мама — балерина!).

— Надо было, — продолжаю я, — хотя бы детей побольше сделать! Нюрка-то, может, оттого эгоисткой выросла, что одна!

Молчит, удивляется.

Подхожу к нему вплотную, расстегиваю на себе верхнюю пуговку и шепчу — низко так, сексуально:

— Дорогой, а может быть, еще не все потеряно? Где двое деток, там и третий уместится...

Он вскочил и даже рукой меня отодвинул.

— С ума сошла! — говорит он испуганно. — Разыгрываешь ты меня, что ли?

— Почему разыгрываю? — удивляюсь я. — Я тебя люблю, всю жизнь, двадцать шесть лет с копейками, люблю, при чем тут розыгрыш?

— Какая любовь? — бормочет он и покрывается испариной. — Какие детки?

Ага! Наконец-то! Услышал меня!

— Феличка, — говорю я (а кофточку все не застегиваю, смотри, смотри, сволочь, у меня грудь — четвертый номер, а форма, как у кинозвезды! Забыл, наверное? Я тебе напомню!), — Феличка, мне только одно нужно: адрес детского дома или — как его? — приюта. Скажи адрес.

Он опустился на стул и смотрит на меня с ужасом. Конечно, решил, что я сошла с ума: откуда ему догадаться, что я все знаю?

— Феличка! — Я прижалась к его лицу сосками (надушены «Шанелью № 5», взяла у Нюры, полфлакона вылила!). — Ведь не все еще потеряно, правда? Я ни на что не сержусь, только адрес! Адрес, и объясни, почему ты так поступил? Тебе разве не жалко меня было? А ребенка? Сыночка нашего?

Я думала, он разрыдается и все скажет, потому что истеричный, мужчина ведь. Но он не разрыдался, а наоборот, встал со своего стула, крепко взял меня за руки, словно мы с ним танцевать собираемся, отодвинул меня на шаг и говорит:

— Наташа, у тебя какая-то фантазия. Я ничего не понимаю. Что за ребенок? Какой приют?

Слава Богу, что я сдержалась! Не закричала, не выплюнула ему все в лицо! Тайну свою, нашу с сыном тайну не выдала! Высвободила руки, положила их ему на плечи, головой прижалась к его плечу. Странно — ничего! А ведь как на меня раньше действовало! Короткое замыкание! Он меня осторожно обнял, словно боялся обжечься, жалостливо погладил по голове. Тогда я прижалась крепче, оплелась вокруг него, раскрыла губы и раскрытыми губами плюс языком — не целуя — провела по его горлу.

Реагирует или нет? С ума я схожу, что я делаю...

Он замер. Напрягся! Ответил на мой поцелуй. Испуганно, но ответил. Чмокнул меня в щеку. Я закрыла глаза, вернее, сделала вид, что закрыла, а сама из-под ресниц вижу, как он бледнеет. Нет, это никакие не эмоции, ему просто не по себе.

— Милый, — говорю я ему, — это была наша единственная ошибка, единственная. Дети. Люди детьми связываются, а мы — развязались.

Тут он опять отпрянул от меня.

— Наташа, тебе надо проконсультироваться с доктором. Что-то тебя тревожит, я чувствую.

(Ты чувствуешь! А я чувствую, что тебе наплевать на меня, и ты рад-радешенек убежать и бросить меня здесь «не-про-консуль-тиро-ван-ную»! Но я тебя обманула. Ты не понял. Ни про приют, ни про детей — ты ничего не понял!)

Вслух же говорю:

— Не обращайте внимания, маэстро! У меня большая любовь. Вот так. А все остальное, конечно, шуточки.

— Неправда, — кричит он и вдруг грозит мне пальцем, как учитель арифметики (кто из нас с ума сошел?). — Ты меня обманываешь! Тебе нужен врач!

— Читателя, — пою я низким, сексуальным голосом и подхожу к нему, танцуя танго, — читателя! Советчика! Врача! На лестнице колючей разговора?

Он схватился за голову, бросил на стол свой проклятый конверт и выскочил. Наутек! Причем не к лифту, а по лестнице! Я перегнулась через перила и кричу (а у нас подъезд гулкий, как колодец, сталинская постройка):

— «Я влюблена, шептала снова Фелюше с горечью она! Сердечный друг, ты нездорова!»

Но тут за ним захлопнулась подъездная дверь. Я упала на диван, свалилась, словно меня заставили площадь вымыть! Голова гудит, как лес перед грозой.

Итак, хладнокровно: я ничего не выиграла, но ничего и не проиграла. Феликс не раскололся. Почему? Врал, врет и будет врать? Или он так спрятал все это от самого себя, что ему действительно кажется, будто ничего не было: ни сына, ни детского дома, ни обмана. Не было, и все!

Вообще я давно убедилась, что человек есть набор химических элементов. К сожалению, я не психиатр и не могу объяснить это с медицинской точки зрения. Все эти сложные движения души только кажутся плодами высшего происхождения. А на самом деле — химия, одна химия! И страхи, и страсти, а главное, объяснения, которые дают люди! Никакой одной-единственной правды нет и быть не может, всегда и во всем — минус объективность! Гениальный это был фильм — «Расемон», просто гениальный. Пять версий одного и того же события. Кто говорит правду? Где она? Лжем мы, все мы лжем! А я? И я лгу. Феликс, конечно, мерзавец, в аду будет гореть за моего ребенка, но в то, что он выдавил этот кошмар из памяти, перечеркнул, — в это я могу поверить. Химическая реакция.

Что это я так разболталась?

21 июня (11 часов вечера). Я отпраздновала твой день рождения, сыночек мой. Двадцать пять лет. Отпраздновала. Папашу твоего в гости пригласила. Видишь, что вышло? Папаша у нас неудачный, не обижайся. Завтра пойду тебя искать. Сегодня напрасно прождала весь день, не вышло.

22 июня (3 часа утра). Тебе двадцать пять лет, сыночек. У тебя кудрявые волосы, как у Феликса, но похож ты на меня. Плечики у тебя широкие, как у моего отца, и такая же, как у моего отца, косолапая походка. Ты краснеешь так же, как я, — не только от слов, но и просто от мыслей. Ты — моя копия, ребрышко мое, косточка. Потерпи, мальчик, потерпи, мама тебя найдет, мама все сделает, следующий твой день рождения мы проведем вместе, поедем на дачу, я ее вымою, позовем твоих друзей, я всего наготовлю, у нас будут деньги, я устроюсь на работу, так что о деньгах не беспокойся, мама все сделает, и напеку, и наварю, сыночек, ты понимаешь, им этого не надо, Нюра меня никогда ни о чем не попросит, чужая совсем, а с тобой у нас все будет иначе, я буду покупать тебе мороженое, выжимать морковный сок, у нас сломалась соковыжималка, купим новую, только ты подожди меня, подожди, не плачь, деточка моя...

22 июня (вечер). Провела весь день на кладбище, ее нет. Хотя она оставила знак — на могиле моих родителей стоит стакан, обыкновенный граненый стакан, пустой и чистый. Что она хотела этим сказать? Что скоро наступит праздник? Сын найдется? Но почему тогда стакан пустой?

199

Налила бы туда хоть каплю чего-то: вина, чая. А то пустой стакан — это страшно. Я боюсь пустоты. Мой ад — пустота. Если Бог захочет наказать меня за грехи, он пошлет меня в ад. Но там — я это знаю — никакого огня, никаких сковородок. Одна пустота. НИЧЕГО нет.

26 июня. Я напрасно ждала ее на могиле несколько дней подряд. Она не приходит, хотя — мне кажется — вчера я видела ее на автобусной остановке. Она тоже заметила меня, подняла руку, остановила такси и уехала. Значит, она не хочет помочь мне, и надо добиваться всего самой. С чего же мне начать? Завтра поеду в роддом на Первомайскую, может быть, там сохранились какие-то бумаги.

27 июня. Сегодня утром ко мне в комнату вошла Нюра — никогда она не встает так рано! — и села напротив меня в кресло. Розовая, щеки горят. Ночи любви! Как бы не забеременела! Пусть, пусть, мне не до того!

— Мама, — говорит моя дочь. — У Яна есть друг, он очень хороший врач. И, между прочим, учился в Англии. Мы хотим пригласить его в гости. Ты согласишься с ним побеседовать?

— Я? — говорю я. — С чего бы это?

— Ну, — говорит она, а глаза становятся злые,

200

как у волка, желтые (сейчас она мне покажет!), — мы думаем, что у тебя начинается депрессия...

— У меня? — ахаю. — Депрессия? Да ты что? Я отлично себя чувствую!

— Это неважно, — шипит она (вот-вот кинется и разорвет!). — Тебе нужно, слышишь? Тебе нужно поговорить с врачом!

Я посмотрела на нее, и вдруг меня стукнуло: неужели эта растрепанная злая баба лежала у меня внутри? И сосала мое молоко?

Она приподнялась с кресла и двинулась ко мне. Я зажмурилась.

— Ты что? — закричала она. — Ты думаешь, мы слепые? Мы же тебе помочь хотим! Ты обязана поговорить с врачом, обязана!

Я улыбнулась прямо в ее красное, раздувшееся от ненависти ко мне лицо.

— Хорошо, — говорю я тихонечко. — С врачом? А кто ему будет платить? У меня ведь денег-то — кот наплакал!

— Не бойся, — говорит она. — Это дружеский визит, это бесплатно.

Как бы они меня не упекли куда-нибудь! А что? Тогда им достается вся квартира! Все четыре комнаты! А-а, вот в чем дело! Как же я сразу-то не догадалась! Вот вам и диагноз! Депрессия, шизофрения, невменяемость еще какую-нибудь отыщут! Делать нечего, придется маскироваться! Хотите мне врача из Англии? Да ради Бога! Хоть из Африки!

Я быстренько выпроводила ее из комнаты, даже по плечу похлопала (горячая она какая-то, вся пылает), собралась, напудрилась и поеду сейчас на Первомайскую, в роддом, где родился мой олененочек.

Хорошо, что я взяла себе за правило все записывать. Так у меня в мыслях появляется порядок. Я ничего не упускаю. Еду сейчас на Первомайскую.

27 июня (полночь). Никто ничего не знает. Даже и разговаривать не захотели. Я просила, умоляла: «Посмотрите свои архивы! У вас же должны быть документы!» Послали меня почему-то в бухгалтерию. Я туда не пошла, а разыскала главного врача. Мальчишка совсем молодой, чуть старше моего. Глаза наглые, губы порочные. С такими губами только женщин осматривать! Сказал, что подобного «эпизода» просто не могло быть. Не бывает, и все. Если матери сказали, что ребенок умер, значит, ребенок умер. Я ему говорю: «У вас, наверное, тоже есть мама?» — «Нет, — говорит, — я сирота. У дяди воспитывался». Прикусила язык. Сирота! Поэтому он меня и не понимает! Спрашиваю его: «Вы врач, у вас в руках человеческие жизни (польстила сосунку!), помогите мне. Я мать. Сердце мне подсказывает, что ребенок жив. А сердце не ошибается. Куда мне теперь обращаться? Как его искать?» — «Подождите, — он весь сморщился, — подождите! А кроме сердца у вас какие основания так думать?»

Тут я замялась. Сказать, что у меня все сведения от их бывшей медсестры? И пусть тогда ищут в своих архивах, кто у них ассистировал на операциях двадцать пять лет назад! Или не говорить, не впутывать чужого человека? Хотя мне ведь так нужно ее найти, хоть бы фамилию узнать!

Я все-таки решила не говорить. Уехала домой. В метро рыдала. Никто на мои рыдания внимания не обратил. Да и то сказать: одна я, что ли, рыдаю! Придумала вот что: утром на кладбище, а вечером, попозже, опять в роддом. Найду там самую старую няньку, которая в этом роддоме всю жизнь прогорбатила (должна же быть такая!), и попробую ее разговорить. Опишу, как выглядит ассистентка. И вдруг мне повезет? На все деньги нужны. Эти старухи — они же нищие. Что она там получает?

28 июня. На кладбище — никого. Приехала опять в роддом. Няньки — ведьмы. Наконец нашла одну, самую старую. Она гладила пеленки. Подумать только — ничего не изменилось! Такие же вот пеленки — застиранные, в бурых пятнах, выдавали — по две на день — женщинам после родов, чтобы подкладывали в промежность. Неужели им до сих пор не разрешают белье в больницах? Наверное, нет.

Подхожу к этой бабке:

— Миленькая, вы здесь сколько лет работаете?

— Да увсю жись!

У меня сердце подпрыгнуло.

— Я разыскиваю подругу. Она была медсестрой в этой больнице.

— Ну? — рычит «миленькая». — А мне чего?

— Помогите мне ее найти! Вы ведь, наверное, всех помните! Я вам ее опишу.

— Делов у меня других нет — подружку тебе искать!

Достаю бумажку, сую ей в карман халата.

— Помогите, миленькая, в долгу не останусь!

У нее сразу другое лицо.

— Ну, какая она у тебя?

— Я ее молодой не знала, так получилось. Расскажу, какая она сейчас. По виду — лет пятьдесят восемь — шестьдесят. Узкие глаза, брови она выщипывает, росту среднего, волосы негустые. Голос хрипловатый. Нос широкий, прямой. Ходит очень быстро, почти бегает.

— Не знам, не знам, — говорит нянька. — Как ты толкуешь, так это Лена Потапова должна быть. Но она померла.

— Да вы что! — кричу. — Какое померла! Я ее неделю назад видела!

— Видела, — говорит, — так чего опять ищешь?

— Это, — отвечаю, — долго объяснять. А кроме Лены кто еще?

— Глаза, — спрашивает, — узкие? И сама такая юркая?

— Да, да!

— Ох, — тужится она. — Голову ты мне, женщина, ломаешь! Стара я для таких загадок!

Опять сую бумажку.

— Погодь, погодь, — говорит она. — Так тогда это Антонина. Точно! И голос хриплый, как у мужика! Ну? Антонина!

— А где она теперь?

— Теперь-то? Да она на пенсии. Мужа схоронила, в лифтершах сидит.

— Как мне ее найти?

— Не знаю, не знаю, — говорит нянька. — Она сама больная, людей боится, никого к себе не подпускает. Ей платить надо, чтоб она тебе дверь отперла.

— Я заплачу! Только отвезите меня к ней!

— Утром, у пять, смена кончится, тогда поедем.

— Мне вас тут подождать можно?

— Где тут ждать! — хмурится. — Главный увидит, шкуру с меня спустит!

— Да я тихо посижу, — говорю. — И вот вам... — Опять сую.

— Лан-нно, — кивает, — идите пока отседова.

Отводит меня в какой-то закуток возле ординаторской. Там кресло и пыльный стол. Больше ничего.

— Подремайте, — говорит. — Чайку захотите, я принесу.

Я ведь целый день не ела! Забыла совсем.

— Спасибо, — говорю, — чаю очень хочется.

И тут меня как током ударило: Тролль! Тролль — не дай Бог — там один дома! Кто с ним погуляет? Кто ему воды нальет? Я уж не говорю — кто покормит!

— Можно, — спрашиваю няньку, — мне от вас позвонить?

Она заводит меня в ординаторскую.

— Быстро звони, а то мне за тебя башку оторвут!

Набираю номер. Нюра подходит.

— Слушай, — говорю я. — Я сегодня ночевать не приду. Погуляй с собакой.

— Что-о-о?

— Ничего. — Мне стало смешно: ясно, какая глупость ей пришла в голову! — Я имею право на свою жизнь, доченька?

— Ян! — кричит она (слышу, как он грохочет по коридору!). — У матери крыша поехала! Она не придет ночевать!

— Ну, и ... с ней! — хрипит мой зятек. — Что ты бесишься?

— Мама! — говорит она в трубку. — Где ты?

— Я? — смеюсь. — В роддоме!

— Мама! — Она, кажется, испугалась не на шутку. — Я сейчас за тобой приеду!

— Роды принимать? — шучу я. — Не стоит. Ложись спать. Но погуляй с собакой. И покорми его. У меня там в холодильнике овсянка и две сосиски.

Она еще что-то лопотала, но я уже повесила трубку. Теперь она позвонит отцу, и они решат, что у меня завелся любовник. Пусть. Так даже лучше. Надежный отвлекающий момент. Хорошо, что у меня с собой в сумке всегда эта тетрадка. Вот я и записала сегодняшние дела. Жду, пока у старухи кончится смена.

29 июня. Вчера был странный день. Каждый мой день теперь — странный.

...Бабка закончила дежурство, и мы отправились. Ехали куда-то долго, с пересадками. Она дремала. Голова ее — растрепанная, с круглым гребнем, болталась из стороны в сторону. Вышли из метро. Пасмурно, дождик накрапывает. Фонарь при выходе из подземелья похож на волдырь. Прохожих немного. В подъезде зеленого дома, обвешенного костлявыми балконами, бабка мне говорит:

— Ждите меня тут. Я вам гаркну.

— Что вы мне гаркнете?

— Гаркну, пускает она или нет.

Стою, прислонившись к холодной батарее, жду. Через пять минут она мне кричит, перегнувшись через перила:

— Женщина! Подымайтесь! Можно!

Я бегом — по ступенькам. Дверь в квартиру открыта. На пороге стоит — не она! У меня голова закружилась. Не она, не она! Все напрасно. Я забормотала что-то, слезы хлынули. Хотела сразу уйти, ноги подкосились. Опустилась на грязный пол. Женщина в розовом капроновом халате надо мной наклонилась. Лицо блестит от крема. Глаз почти не видно, вся в складках, как бульдожка. Они вместе с бабкой меня подняли, повели в квартиру. Квартира — комната и кухня. По стенам — иконы. Бумажные цветы в пузатых бутылках — везде, даже на полу. Горят две свечи на трюмо и пахнет какими-то — не пойму, чем — маслами, травами?

Бабка шамкает:

— Ну, чего вы так, женщина? В слезы-то сразу? Хошь, Тоня вам погадает?

— Да, — говорит бульдожка. — Давай я тебе погадаю.

У меня зубы стучат, голова раскалывается, и еще что-то со мной... Да, я словно бы соскальзываю куда-то. Если меня не удержать, я соскользну, провалюсь в преисподнюю! Вцепилась в бабкин подол. Та вырвалась:

— Ты, женщина, сдурела?

— Погоди, — (это бульдожка в розовом!). — Что с вами? Плохо вам?

— Держите меня, — шепчу, — держите, ради Бога!

— Припадочная! — (это бабка!). — Прости меня, Тоня, свалились мы тебе на голову!

Бульдожка вдруг взяла меня крепко за лицо, за

обе щеки, приблизила ко мне свой глянцевый лоб, пористый нос и понюхала меня, как собака. Господи, да ведь она и есть собака! Ну, конечно, вон как хвостом виляет под халатом! А я не поняла сразу, отчего это у нее зад такой откляченный. Смешно.

— Гадай, — говорю, — берешь-то сколько?

Она опять под халатом хвостом вильнула.

— Не трусь, — говорит. — Не ограбим.

И правда взяла с полки колоду, начала раскладывать.

— Говори свое главное желание. Что у тебя на сердце?

— Это ты мне говори, — отвечаю я. — Тебе виднее.

— Болезнь, — говорит она. — К святому угоднику тебя везти надо. Порча на тебе.

— Ну нет! — говорю я. — Откуда на мне порча? Что я такого сделала?

— Этого я не знаю, — отвечает она и шевелит своими бульдожьими складками. — А сглаз — вот он. Езжай к Сергию Радонежскому в Троицкую лавру.

Слушаю — и мне не страшно, только зло берет.

— Я, — говорю, — к святым не езжу! Язычники вы все! Чмок, чмок! Я с Христом в губы не целуюсь!

Чувствую, что на крик перехожу и не могу остановиться.

— Да провалитесь вы все! — кричу. — Провалитесь! К угоднику! Не нужно мне вашего угодника!

Тут она размахнулась и ударила меня по щеке.

— Будешь хулиганить? — спрашивает она.

Я опомнилась. Словно бы и не кричала.

— Женщина, — говорит она вдруг. — Я тебя вылечу. Перебирайся ко мне.

— Антонина! — икает бабка. — Да ты что!

— Ладно, — говорит Антонина. — Что мы, некрещеные, что ли? Жалко ведь. Перебирайся ко мне, женщина.

У меня очень болит голова, очень.

— Я пойду, — говорю я. — Мне надо сына искать.

— Какого сына? — говорит она. — Нету никакого сына!

Я поняла, что они все между собою связаны: и Нюра, и Феликс, и эти старухи. А те, которые были за меня, те ушли. Все они там, где Платонов, здесь никого.

Антонина быстро переглянулась со старухой.

— Иди на кухню, — вздохнула она. — Чаю выпей...

Я пошла за ней в кухню, потому что почувствовала, что до дому после такой ночи не доеду. Она налила мне крепкого чаю, достала из хлебницы сдобную булочку — голубь с изюминками вместо глаз, — намазала маслом, и тут кто-то позвонил в дверь.

— Димуля! — Она вся вспыхнула и быстро вытерла полотенцем крем с лица. — Что это он так рано!

В кухню вошел такой высокий парень, что у меня заболели глаза, когда я подняла их наверх, чтобы увидеть, где кончается его голова. Он был очень худой, с длинными, почти до самых плеч, светлыми волосами, перехваченными кожаной полоской поперек лба. Я уже давно заметила, что есть лица, которые по своему строению напоминают черепа умерших. Что-то такое в костях лба, в провале рта... У этого парня было именно такое лицо. Он поздоровался, пододвинул табуретку к столу, сел — стал немного ниже — и уставился на меня.

— Кто такая? — спросил он.

Антонина пожала плечами, а бабка, торопливо евшая варенье из блюдечка, махнула рукой:

— Да мы сами не знаем! Пришла вчера в больницу, сына своего ищет.

— Где ваш сын? — спросил меня гость.

— Ну, — сказала я, улыбаясь. — Я же у вас не спрашиваю, где ваша мама.

— Умерла, — отвечает он спокойно и глаз не отводит.

Ах, как голова болит! Все сильнее, сильнее. Что же это такое!

— Женщина, — говорит между тем бульдожка. — Вы лучше ему откройтесь. Он — целитель.

А сама садится к нему вплотную и смотрит на него влюбленным взглядом.

— Да я и так все вижу, — произносит он. — И так все ясно.

— Не дается, — вздыхает бульдожка и — вижу — раздвигает колени под халатом. — Я уж, ты знаешь, к себе даже позвала, говорю: перебирайся, а то пропадешь! Не хочет!

— Ну, что делать, — говорит он. — Насильно мил не будешь.

— Вы что, — спрашиваю, — врач?

— Я лучше, — говорит он. — Лечу телесным электричеством.

Я ничего не ответила, даже не удивилась.

— Вот вы, — продолжает он, — очень одиноко живете... Ваше тело выпало из общего тепла. Так случается при одиночестве.

— Да какое одиночество! — смеюсь я. — У меня дочь дома! Зять вашего возраста! Собака! Муж был совсем недавно! Месяца полтора как сплыл! Какое там одиночество!

Бабка доела варенье и встала, вытирая губы носовым платком.

— Ну, Тоня, у тебя хорошо, а домой пора. Вечером Машу привезут, надо сготовить, прибрать надо.

Вижу: Тоня ей показывает глазами на меня, забирай, мол. Но я и сама поднялась.

— Спасибо, — говорю я весело, — хоть вы и не та, которая мне нужна, однако доброе слово, как известно, и от кошки, и от мышки, и даже от крокодила приятно. Так что будьте здоровы, всего вам самого...

Димуля вдруг тоже вскочил:

— Вы где живете? Я вас провожу.

Бульдожка так и вскинулась:

— Как провожу? А что же я?

«Господи, — думаю, — да ведь он тебе в сыновья годится! Ты посмотри на себя в зеркало! Что этому парню двадцатилетнему с тобой, старой бабой, делать?»

А она, бедная, забыв про стыд, надвигается на него своей капроновой грудью и шепчет:

214

— Я с тобой поеду. Или лучше — знаешь что? — оставайся! Они и так доберутся!

— Нет. — Он нахмурился, но отодвинул ее резко и решительно. — Сказал — нет, и хватит!

Она заплакала, как припадочная, навзрыд, затряслась. А у меня так болит голова, что еще немного — и я упаду!

— Я тебе, Тоня, вчера сказал, что жить мы с тобой больше не будем. — Он нахмурился. — Сказал ведь?

— Димочка! — простонала она и опустилась на стул, словно ноги ее не держали. — Да что же я тебе плохого сделала, любонька моя!

— «Любонька»! — передразнил он. — Ты когда со мной, пьяным, в койку ложилась, ты соображала, что я тебе во внуки гожусь? Любонька!

— Так ведь... — залепетала она, — ты ж моя сыночка, ты солнышко моя... Другого-то я не нажила...

Он промолчал. Бабка сидела — настороженная, поджатая, доскребывала из банки остатки варенья.

Антонина продолжала плакать.

— Держите, — не обращая на нее внимания, сказал мне Дима и протянул бумажку с телефоном. — Захотите позвонить, звоните, не стесняйтесь. Я вам главного не сказал: мы ведь моделируем людей. Вас как зовут?

— Наталья, — усмехнулась я.

— А отчество?

— Николаевна.

— Так, — сказал он, — так, Наталья Николаевна, я вас могу привести к полной гармонии по формуле «тело — дух — душа», хотите?

— Что? — ахнула я. — А какая же разница между душой и духом?

Он даже крякнул от досады:

— А какая разница между дьяволом и чертом? А между чертом и сатаной? Тоже не знаете?

Тут я не выдержала.

— Слушайте, — говорю, — я в Бога верю. — А сама пытаюсь вспомнить: верю ли я? — При чем здесь сатана?

— Во! — кричит Димуля. — В самую точку попали! В самую, Наталья Николавна, точку! А с Господом Богом кто, по-вашему, борется? Он-то и борется, имени не называю, он и борется! За вашу, между прочим, бессмертную душу он-то и борется!

Меня опять затошнило.

— Молодой человек, — говорю я, — не надо

меня моделировать. Что вы все, как сговорились, — моделировать, клонировать...

Он неистово замотал головой:

— Время подходит, Наталья Николаевна, время! Спасаться надо! Мы вывели формулу Бога. Дайте мне сюда хоть папу римского, хоть патриарха Алексия, и я ее им докажу. Как дважды два! Что такое душа, вы спрашиваете? А знаете, сколько миллиардеров велели себя заморозить после смерти?

— Заморозить?

Антонина громко, как вишневые косточки, сглатывала слезы. Старуха копошилась в сумке. Нужно было встать и уйти. Как я попала к этим мутным людям, зачем они мне? Куда я вообще попала, где я и что со мной?

— Заморозить! — вскричал он. — А потом разморозить! Тело тленное вернуть к жизни! Только ничего из этого не получится! Ничего! — Он погрозил пальцем. — Ничего! Потому что душа-то где? Нету ее! Улетела!

— Можно я полежу? — спросила я. — Полчаса полежу и уйду. Будь добра, Тоня.

— Иди ложись, — Антонина махнула рукой, — там плед есть, укройся.

Я пошла в комнату, рухнула на кровать, завернулась в вытертый плед. Комната, отраженная в зеркале, плыла прямо по моим глазам, царапая их ножками стульев. Почему-то мне показалось, что за окном пошел снег, засверкали новогодние искры...

Сна не было. За стеклянной дверью, ведущей в кухню, двигались тени. Сначала их было три, потом осталось две: старуха ушла. Дима сидел, ссутулившись и уронив голову на грудь. Антонина стояла перед ним на коленях, уткнув лицо в его живот. Я не поняла, что она делает... Вдруг он оторвал голову от стола, закинул ее и обеими руками надавил на ее затылок. Она задвигалась энергичнее, быстрее, и тут же Дима издал ликующий вопль, ни на что не похожий, кроме одного... Тот же вопль я слышу по ночам из нашей детской. Господи, да что же это?

Парень на кухне кричал, как молодой осел, а она, грешная, старая, грузная, стояла перед ним на коленях, уткнувши лицо в его ширинку! Господи, да что же это? У меня подступила рвота к горлу, и я рывком села на кровати. Крик на кухне сменился стоном, бесстыдным, благодарным. Дима обхватил голову Антонины обеими руками и несколько раз торопливо поцеловал ее.

— Миленький, — услышала я. — Не бросай меня, деточка!

— Да ты что, Тонь, когда я тебя бросал, кто у меня ближе...

«Как она смеет! — Я вся корчилась под чужим пледом. — Как она смеет!»

Смеет — что? Я не могу выразить, не могу, но я же чувствую: что-то тут не так! Что-то ужасное я только что услышала! Что? Не знаю! И вдруг меня словно пропороли! Она сказала: «ДЕТОЧКА!»

Боже мой, ТЫ слышишь это? Да какая же он ей — ДЕТОЧКА? Это у меня — дети, деточки, а у нее?!

Я провалилась. Проснулась через час, как мне кажется. Никакого снега за окном, снег мне померещился, но дождь льет как из ведра, и даже в комнате пахнет водой и деревьями. Надо мной стояла Антонина в хорошем белом платье, длинном, как у невесты, причесанная, подкрашенная.

— Я к подруге иду, — сказала она грубым мужским голосом. — Ты оставайся, никто тебя не гонит.

— Ни-ни! — испугалась я. — Меня и так уж, наверное, разыскивают, беспокоятся...

— Кто тебя разыскивает? — вздохнула она. — Кому ты нужна?

Я вдруг обиделась до слез.

— Что значит: кому я нужна? А ты кому нужна?

— Я? — удивилась она басом. — А я нужна! — У нее побагровело толстое лицо. — Ты думаешь, я не знала, что ты за нами подглядываешь? Подглядывай, мне не жалко! Думаешь, мы стесняемся? Да нам плевать!

— Стыда у тебя нет, — зачем-то сказала я.

— Стыда? — завопила она. — А кого мне стыдиться? Что я такого стыдного тебе сделала?

— Извращенка ты. — Я сжалась под одеялом. — С молокососом связалась. Он тебе в сыновья...

Она не дала мне договорить:

— Сыновья? Не дал мне Бог сыновей! Муж от водки подох, три выкидыша, вот мои сыновья!

— Что ты орешь? — спросила я. — Мне-то что? Я тебе не судья.

— И никто не судья! — Она вдруг перешла на шепот. — Я и объяснять никому не буду. А Дмитрий мне — все. И сын, и Бог, поняла? И отец, и муж, поняла? И Святой Дух! И любовник!

Вдруг она рывком стащила с меня одеяло:

— Проваливай отсюда, проваливай, чтоб ноги твоей! Не судья она мне! Да если он, не дай Господь, меня бросит, я на этом крюке в ту же минуту повешусь!

Не помню, как я оделась, как вышла на улицу. Дождь льет проливной, я без зонта, уже вечер, куда мне идти? Дотащилась до дому. Тролль меня всю вылизал. Собака моя ненаглядная. Записываю все, что могу. Писать мне легче, чем не писать. Если не запишу, в голове паутина. Гадость. Черное.

30 июня. Дочка моя. Она меня искала, оказывается. Они меня искали с Яном. Я такого не ждала!

Вот как было: я спала, прижавшись к Троллю, который меня грел своим телом, в доме холодно, ни горячей воды, ни отопления, лето, все отключили. Дождливо, пасмурно. Спала, наверное, долго, и мне мерещилось (снилось?), будто на меня смотрит человек, весь спеленатый, с головы до ног, как египетская мумия, очень высокий. Похож на сегодняшнего Дмитрия. И я боюсь, что он откроет лицо, ужасно боюсь! Тяжелый сон. Смерть, наверное, приглядывается ко мне, у смерти ведь закрыто лицо. Проснулась в слезах. И тут же в комнату ворвалась фурия, гроза с молнией. Моя Нюра. Она была в своих несусветных кожаных штанах, тапочках на босу ногу и старой отцовской майке. Брови дико сведены, щеки пылают. Красавица моя.

— Мама! — бросается ко мне. — Мама!

— Что ты? — пугаюсь я. — Что с тобой?

221

— Нет, это с тобой — что? — кричит она. — Где ты была, мама?

За спиной ее появился Ян — как всегда, крокодил крокодилом, и лицо такое, что придушил бы меня, если бы не Нюра.

— Я думала, ты под машину попала! — визжит моя ненаглядная, — разве так можно! Ма-а-ама!

И тут всю меня залило светом, просто крылья выросли. И я сделала глупость. Я от счастья вдруг потеряла всю осторожность.

— Я ищу твоего брата, — объяснила я. — Твоего брата, моего сына.

Они переглянулись, и я заторопилась. Пришлось обнародовать, что пару недель назад встретила на кладбище одну женщину.

Нюра стала белой как снег.

— Ты что, — зашептала она, — ты что? Какую женщину?

Я сказала, что эта женщина присутствовала при моих родах (Нюра не знала ничего об этом и ахнула!), но ребенок не умер, как я думала, а был переведен в приют. Но тут Нюра замахала на меня обеими руками, и я ужаснулась тому, что наделала. Как я могла так разболтаться при Яне?

— Где вы были всю ночь? — строго спросил Ян. Слава Богу, что я все записываю. И вот почему.

Я абсолютно не помню, как и почему я попала к старухе. Все это, к счастью, есть в моих записках, стало быть, я посмотрю и пойму. Но в тот момент, когда Ян задал мне этот вопрос и я решила быстро придумать что-то и быстро наврать, я вдруг поняла, что действительно не знаю, не помню! Откуда взялась старуха, которая утром отвела меня к Антонине? Это, конечно, мелочь, пустяк, простая перегрузка памяти, но то, что я запуталась и не знала, как ответить, меня спасло. Они решили, что все это галлюцинации, или как там это называется, и меня нужно лечить! Но они не поняли, насколько существенную информацию я им только что случайно доверила. И они не перенесут ее Феликсу, и Феликс не успеет принять меры, чтобы отнять у меня сына! Значит, вот так и надо себя вести: путаться. Не знаю, не помню, не скажу. А если скажу, то полную чушь. Лучше пусть лечат, чем узнают правду.

— Вам следует побыть хотя бы несколько дней дома, — сказал Ян. — Иначе все это может плохо кончиться.

Я промолчала. Они вышли в коридор и закрыли за собой дверь. Я опустилась на подушку, закрыла глаза. «Если Бог захочет помочь, Он поможет, — вдруг подумала я, — все в Его власти».

Никогда эта мысль не приходила мне в голову. Я никогда не обращалась к Нему! Нет, неправда. Обращалась. Нюре было два года, у нее начался приступ ложного крупа. Мы жили на даче. Конец августа, холодно. Она задыхалась и кашляла. Я носила ее на руках, а Феликс на велосипеде под проливным дождем помчался на станцию вызывать «Скорую». Телефона у нас на даче нет. И вот тогда — помню как сейчас — я подошла к окну. Черный дождь, ночь, ни одной звездочки. Нюра хрипела и задыхалась, выгибаясь на моих руках. Я знала, что она умирает, я была уверена, что сейчас потеряю ее, и все во мне было стиснуто, словно меня связали в один узел — руки, ноги, глаза, волосы, все! Я смотрела на это черное, беспросветное, что было и небом, и водой, и шумящим садом одновременно, и молилась! Я смотрела в черноту и шептала Ему: «Помоги нам, Господи, помоги нам!» Потом я подумала, что нужно непременно попросить Богоматерь, и стала просить Ее, потому что — это впервые осенило меня тогда — потому что Она ведь была матерью, Его матерью, и, стало быть, должна была услышать меня. Потом Феликс приехал одновременно со «Скорой», и нас с Нюрой забрали в больницу. Мы пролежали там неделю. Но я никогда не забуду эту ночь, когда ее спасли мне. Да, я уверена, что тогда меня услышали.

1 июля. Давно ничего не писала, вчера весь день проспала, не знаю даже, кто гулял с Троллем. У меня страшная слабость, ни рукой, ни ногой не могу шевельнуть. В среду они возили меня к врачу. Я решила не сопротивляться. Всю ночь мне снилась женщина с бородой и усами. И словно бы кто-то, дурачась, сказал мне, что теперь это разрешается. Женщинам — носить усы и бороду. Бред отчаянный, эти мои сны. Записываю их просто так, чтобы ничего, ни-че-го не потерять. Так вот: поехали мы на сиамце, на его голубом «Вольво». Я смело села на заднее сиденье рядом с Нюрой, а Ян с ним, на переднее. Как у меня стучало сердце, как выпрыгивало! Я все-таки не была до конца уверена, что ничего ужасного не случится, но заставляла себя казаться спокойной. Кажется, никогда в жизни я столько не притворялась, даже с Феликсом. Я много притворялась с Феликсом, это правда. Я врала подругам, что у нас все в порядке, я изображала счастливую семейную жизнь, хотя на самом деле мы иногда по неделям не разговаривали, я заставляла его ходить со мной по гостям, хотя чувствовала, что он неверен мне и у него кто-то есть. Ах, сколько я притворялась, безобразно, безобразно! Теперь эта ложь, это притворство многолетнее, все это меня теперь и доканывает! Хорошо. Задним умом крепка, как говорится. Я заметила, что сиамец быстро поймал в зеркальце Нюрины глаза и она ему ответила таким же быстрым взглядом. Ох! А что, если ее уже развернуло от бородатого к сиамцу? Она ведь у меня влюбчивая, как кошка! И потом — если Ян уже приручен и сидит тихо — зачем ей Ян? Ей новые ощущения нужны, новые победы! У нее — нельзя так говорить про своего ребенка, но я скажу, — у нее ужасные задатки. Она любит мужчин, но людей она не любит, она не умеет их «полюблять». Чье это слово? Не помню, кого-то знаменитого. Так вот: «полюблять» моя дочка не умеет, и если она уже решила переспать с сиамцем, ее ничего не остановит, никакой морали у нее нет! А у меня какая мораль? Прожила двадцать шесть лет с мужем, который меня предал! Пролгала всю жизнь!

Минут через сорок мы доехали. Институт Сербского. Знаю, много раз проходила мимо, хотя никогда не обращала внимания. Входим через какую-то заднюю дверь вроде проходной. Сидит страшная бабища, людоед в косынке. Ян ей называет фамилию, и нас пропускают. Специально

226

пишу подробно, боюсь перепутать! Заходим в маленькую приемную. Я начинаю дрожать, мне холодно. Нюра держит меня под руку. Белая вся, волосы распущены. Девочка, как мы с тобой здесь оказались? Пожалей маму! Не пожалеет, наверное. Плоть и кровь моя... Но я ведь не знаю главного! Главного-то я не знаю! Чья душа в тебе, плоть моя? Кто в тебя вселился, доченька?

У меня паника, я чувствую, что схожу с ума, у меня путаница, паутина, не помню, почему мы здесь, кто это рядом с Нюрой...

Я взяла себя в руки и заставила — я заставила — себя успокоиться. Вошел длинный, смуглый, сутулый, с острой черной бородой. Черт в халате. Поздоровался со мной за руку. Имени я не запомнила. Начали беседовать. Я уже не дрожу, мне не холодно, мне почти не страшно. Он хотел побеседовать наедине, Нюра и Ян вышли, мы остались. Он какой-то странный, как загримированный, как из оперы. А вдруг он и не врач? А кто же? Он спросил, чувствую ли я подавленность? Чувствую, но тебе не скажу. Что такое — «подавленность»? Если у человека отняли одного ребенка, и непонятно, что завтра случится с другим ребенком, и мужа нет, и работы нет, что прикажете чувствовать? Вдохновение? Я ему сказала, что у меня климакс. Он кивнул головой и поставил вопрос иначе: чувствую ли я себя хуже и беспокойнее, чем раньше, скажем, полгода назад? Мне опять страшно: а вдруг он меня не выпустит отсюда? Зачем они закрыли дверь? Почему он прогнал Нюру с Яном? А если — это... Мне страшно, страшно, но я не должна кричать, я ничего не покажу, потому что тогда они меня точно не выпустят! Если бы только голова не болела так сильно! Он похлопал меня по руке. Поймал мою дрожь. Я стиснула зубы, чтобы не закричать.

— Давайте успокоимся, — сказал он, — я хочу вам только добра, у вас сильное нервное истощение... Скажите, вы читаете книги? Газеты? Ходите в гости? В театры?

Я поняла, что надо быстро и решительно лгать. Только это меня спасет! Какая пытка!

— Я очень много читаю, — сказала я, — я много смотрю телевизор. У меня много друзей, и я очень люблю театр.

— Я вам задам личный вопрос, но меня вы не должны стесняться, — сказал он. — Вы ведь расстались с мужем, как я слышал? Как давно прервались ваши интимные отношения?

— Не помню, — сказала я, стуча зубами (ничего не могу поделать!).

— Ну, примерно? — спросил он.

— Год, — наврала я, — может быть, чуть-чуть меньше.

— Кто был инициатором, можно вас спросить? — сказал он.

— Я, — наврала я.

— Почему? — спросил он.

— Я перестала любить своего мужа, — наврала я.

— Вы увлеклись кем-то другим? — спросил он.

— Нет, — сказала я.

— Тогда почему вы? — спросил он. — Вы не были удовлетворены своим мужем?

— Да, — наврала я. — Не была.

Он сверлил меня круглыми черными глазами. Страшно мне. Когда выпустят? Я сейчас закричу. Но они не выпустят меня, если я закричу. Терпи, терпи, Наталья.

— Бывают ли у вас, — он сделал паузу, — бывают ли у вас сексуальные фантазии?

— Нет, — сказала я.

— А вообще фантазии? Сны? Представления?

— Нет, — наврала я, — сплю как убитая.

— Как вам живется в семье?

— Я что, обязана отвечать на этот вопрос? — спросила я.

— Нет, — сказал он спокойно, — но я думал, что вам самой хочется поговорить об этом.

— Я не очень люблю разговаривать с незнакомыми людьми на подобные темы.

— Понимаю вас, — кивнул он, — конечно, конечно. Но если вы не хотите о семье, давайте...

— Давайте не будем, — попросила я.

— Давайте, — согласился он, — я могу предложить вам попринимать кое-что... Но на один вопрос я все же попрошу вас ответить...

— Хорошо, — сказала я.

— Думаете ли вы о смерти, и если думаете — то кажется ли вам, что смерть была бы для вас...

Он на секунду запнулся, словно подыскивая слово.

— Выходом? — спросила я.

— Ну, если хотите, то да, выходом.

И тут я поняла, что нельзя говорить правду — совсем нельзя!

— Нет, — сказала я, — никаких таких глупостей я не думаю. Никогда.

Он облегченно усмехнулся. Достал из кармашка рецепт, что-то на нем нацарапал, приоткрыл дверь в коридор, и тут же появились Нюра с Яном. Он протянул Яну рецепт, а Нюре сказал:

— Побеседовали мы с вашей матушкой. Ей нужна спокойная домашняя обстановка.

Она вспыхнула и разозлилась.

— Советую ей несколько дней побыть дома, не волноваться, не выезжать никуда и ни с кем посторонним не встречаться.

У меня было ощущение, что он чего-то недоговаривает, но вот — чего? Он пожал нам руки, нахмурился и быстро ушел. Вернулись домой на сиамце. Я прошла в свою комнату и сразу легла. Тролль завилял хвостом, но не поднялся мне навстречу. Что с ним? Нюра принесла мне таблетку и стакан воды. Ну уж дудки! Откуда я знаю, что это за таблетка? Все, что угодно, может быть! Нюра стояла надо мной в ожидании, брови сведены. Я положила таблетку под язык.

— Запей, — сказала она.

Я сделала вид, что глотнула. Она мне поверила и ушла. Кончаю записывать, голова.

4 июля. Боюсь, что мне что-то подмешивают в еду. Все время хочется спать. Вчера Нюра была целый день дома и сторожила меня. Сделала мне бутерброд и сварила машую кашу. Каша подгорела, готовить она не умеет. Я виновата — не научила. Я сказала, что хочу позвонить Адочке. Она сказала: «Звони», но осталась стоять в столовой, где у нас телефон.

Никому я не собиралась звонить! Какие теперь подруги, зачем и откуда? Пришлось сделать вид, что набираю, а там занято. И вдруг мне пришла в голову другая мысль. Я позвонила в мастерскую. Подошла женщина. Я знала почему-то, что подойдет эта женщина, хотя раньше Феликс терпеть не мог, чтобы посторонние торчали в мастерской. На всякий случай изменила голос, это я умею.

— Будьте добры Феликса Алексеевича, — сказала я.

— Он занят, — сказала она.

— Занят? — удивилась я.

Нюра подскочила и хотела нажать на рычаг, я не дала.

— Пожалуйста, передайте ему, что звонила жена, — сказала я уже своим голосом и бросила трубку.

— Зачем тебе отец? — прошипела Нюра. — Мало тебе нас с Яном?

— Когда-то, — сказала я, — мы с твоим отцом составили завещание. Я хочу внести в него кое-какие изменения.

Она странно посмотрела на меня. Поверила!

Я, кажется, додумалась до чего-то стоящего! Это отличный ход! Деньги! Заманить Феликса деньгами! Добром все равно ничего не получится, можно только силой или хитростью. Или страхом. Сделаю все, что смогу. Вечером опять обманула Нюру с таблеткой. Выбросила в уборную, спустила воду. В девять она ушла, сказала, что ненадолго, и закрыла дверь на ключ. Я не могу выйти, моего ключа нигде нет. Терпи, Наталья, терпи! Они с тобой не справятся. Завтра я покажу ей, как меня запирать!

Мне, кстати, вот что приходит в голову: для того чтобы добиваться своего, нужно быть хорошо одетой и хорошо выглядеть, а у меня ничего нет. Все сносилось. И сама вся — в морщинах. По телевизору недавно показали, что морщины можно убрать с помощью лазера. Это очень дорого, но есть места, где это делают. Если бы мне вернуть мою молодость и мое лицо! Денег нет, это страшно. И носить нечего. Пересмотрела свой гардероб — ужасно. Раньше я не обращала на это такого внимания. Почему сейчас? Неужели эта история со старухой Антониной и мальчишкой?

Ян пришел вечером, Нюры еще не было. Я лежала с Троллем у себя. Ян заглянул и спросил, где Нюра. Мне захотелось сказать ему что-то очень насмешливое, но я испугалась. Я боюсь их всех, и Нюру боюсь, которая меня заперла. Надо сделать вид, что я ничего не заметила, или высмеять ее. Терпи, Наталья.

5 июля. Феликс позвонил и спросил, что случилось. Значит, эта его дамочка ему передала. Я сказала, что решила продать дачу. Он почти взвизгнул. Нервишки, старенький уже!

— Как дачу? — удивился он. — Ты же не собиралась?

— Я передумала, — сказала я, — но если ты хочешь, ты можешь мне помочь в этом. И тогда я, конечно, отдам тебе часть денег. Процент отдам, как агенту.

— Наташа, — сказал он гневно, — я не ожидал от тебя... Это твоя дача и твои деньги! Но мне, конечно, было бы легче знать, что ты подстрахована, потому что тянуть две семьи...

О, мерзавец, мерзавец! Он говорит мне про две семьи! С каким удовольствием я убила бы его, если б могла! На кусочки бы разрезала!

— Да, — сказала я, — если бы у меня были эти деньги, я была бы подстрахована. Ты уже стар, Феликс, тебе трудно.

Он разозлился.

— Дело не в возрасте, — сказал он, — дело в обстоятельствах. Я не ворую и не торгую.

И тут я сказала то, что придумала.

— Феликс, — сказала я. — Дача принадлежала моему отцу. Его нет в живых, но это неважно. Мне будет уютнее (я так и сказала: «уютнее»!), если мы встретимся с тобой на его могиле, и я передам тебе все бумаги.

— Что за бред, — прошептал он. — При чем тут могила!

— При том, — сказала я. — Я уже давно чувствую, что мертвые мне ближе, чем живые. Мертвые меня не предают.

Почувствовала, как он испугался там, на том конце провода.

— Наташа, — сказал он, — все это так странно. Ты слышишь себя?

— Это мое право, — сказала я, — пусть тебе оно и покажется странным, но иначе я не согласна. Я буду знать, что отец присутствует при нашем разговоре, что я делаю этот шаг с его согласия... Ты ведь помнишь, как он любил дачу.

Я знала, что Феликс пойдет на любое условие, каким бы диким оно сму ни показалось! Он хочет, чтобы я продала дом и обеспечила себя! Он мечтает, чтобы у меня появились деньги и я оставила бы его в покое! Но это не все. Я знаю, что совесть его царапается, и ему стыдно, что он бросил меня на старости лет, больную и нищую, со старой собакой! А тут деньги, и я останусь с деньгами, и он поможет мне получить эти деньги, и можно будет спокойно наслаждаться семейным счастьем с молоденькой. («Две семьи»! Никогда не забуду!)

— Ну? — спросила я (якобы нетерпеливо, а он-то на крючке, попался!).

— Хорошо, — он вздохнул тяжело, — хорошо. Если это каприз, мне стыдно за тебя.

— Как ни назови, — засмеялась я, — пусть каприз. Так завтра? В десять? Ты помнишь, где наша могила?

— Думаю, что найду, — сказал он, — но, может быть, я за тобой заеду?

— Нет, нет, — нарочно испугалась я, — Нюра дома, да и этого, лохматого, никакими силами не выкуришь. Лучше уж встретимся там, на месте. Да, кстати! (Сделала вид, что только что вспомнила!) Кстати! Скажи своей дочери, чтобы она меня не запирала.

— Запирала? — удивился он.

(Значит, она ему ничего не рассказала ни про

236

то, что я не ночевала дома, ни про поездку в сумасшедший дом! Стесняется она его, что ли?)

— Почему Нюра тебя запирает? Зачем?

— Ну, Господи, — сказала я устало, — мало в ней дурости, что ли? Сегодня ей показалось, что будет лучше, если мать посидит взаперти. Чем бы дитя ни тешилось...

— И ты так спокойно говоришь об этом?

(Он ничего не понимает. Ура!)

— А как ты хочешь, чтобы я об этом говорила? На стену мне лезть, что ли?

Вот этим-то я его и провела! Он решил, что я понимаю Нюрины выкрутасы и реагирую на них спокойно, как разумный пожилой человек, который видит в своей дочери экзальтированного подростка! А раз так — значит, я здорова, и можно поверить в то, что я продаю дачу! Ура!

— Я поговорю с Нюрой, — сказал он, — действительно, это нелепость...

Он не был уверен, что это так, но ему ужасно хотелось! Потому что — деньги! Деньги и спокойная совесть! А иначе — просто жуть малиновая: старуха, брошенная и вдобавок — запертая! Ух!

7 июля (утро). Пишу, как есть, спасаю от самой себя, от своей головы, больной, дырявой. Сейчас Нюра принесла мне таблетку. Я положила ее под язык и сделала глотательное движение. У Нюры глаза бегают, мне кажется — ей не до меня.

— Папа сказал, что вы хотели встретиться, — сказала она осторожно, — он сказал, что у тебя к нему важное дело...

— Да, и оно имеет к тебе отношение, — кивнула я (таблетка кислая, боюсь случайно проглотить!). — Я же упоминала про завещание...

— Мама, — перебила она нетерпеливо, — я ничего не понимаю в ваших с папой делах и — честно говоря — не хочу понимать!

— Напрасно, — говорю я, — напрасно. Не хочешь же ты весь век висеть на шее у Яна!

— При чем тут Ян! — вспыхнула она. — Ян здесь ни при чем!

Ах, вот как! Хорошо. Я так и думала: у нее другой на подходе. Или уже!

— Вы что, расстаетесь? — сказала я кротко.

— Почему расстаемся? — Глаза ее стали синими, как васильки, и забегали, забегали!

— У тебя нет денег, потому что ты ничего не зарабатываешь и зарабатывать не будешь. Тебя должен содержать мужчина. Но поскольку ты не умеешь долго спать с одним и тем же мужчиной, а времена у нас непростые, я хотела бы, чтобы у тебя были свои деньги. Ты — мой единственный ребенок.

Она не отреагировала на это нелепое слово: «единственный»! Она забыла, что у меня есть сын, о котором я сказала ей! Она забыла! Никто не хочет помнить! Ну, вы у меня попляшете!

— Откуда ты возьмешь деньги? — спросила она.

— Помнишь, — сказала я, — анекдот про нового русского? Новый русский спрашивает у мужичка: «Откуда, мужичок, у тебя деньги?» А тот ему отвечает: «Кроликов развожу». А новый русский спрашивает: «А у них откуда?»

Она даже не улыбнулась, вылупила на меня глаза и сильно покраснела. Она всегда краснеет, когда пытается понять что-то важное, а у нее не получается. Прекрасно, прекрасно! Запертая мать анекдоты травит!

— Так откуда же деньги? — повторила она упрямо.

— Я продаю дачу, — сказала я.

Она так и подпрыгнула. Дача — это же кость в горле у них с Феликсом! Это предмет наших самых жестоких споров! Ни одному из них не нужна дача, и сколько раз они давили на меня, чтобы я ее продала! И вдруг — держите! Деньги буквально плывут в руки! Она просияла, но недоверчиво, с оглядкой.

— Что так? — радостно спросила она.

— Я, кажется, объяснила: ты — мой ребенок, тебе нужны деньги. Я — старая женщина, но мне тоже нужны деньги, я нигде не работаю, а на твоего предателя отца надежды слабые. Я могу заболеть, могу влюбиться, на все нужны деньги!

— Влюбиться? — Она опять вылупила глаза.

— А что? — надменно сказала я. — А вдруг я решусь на подтяжку? — И я двумя ладонями приподняла щеки: — Разницу видишь?

Она совершенно обомлела. Смотрит на меня, как на лунное затмение, открыв рот. Я засмеялась.

— Короче, — сказала я, — обсуждать тут нечего: дачу я продаю. Твой отец этим займется. Пусть хоть немножко посуетится, а то что же? На все готовое? Мне нужно встретиться с ним сегодня и передать ему документы. Я ему доверяю. И доверенность дам. Вот так.

Она все не могла опомниться.

— Так что ты уж будь любезна: не запирай меня сегодня. — Я сказала это легко, небрежно. Прекрасно сказала! — Не запирай свою умалишенную мать, она тебе еще пригодится.

Она покраснела сильнее.

— Никто тебя не запирает, — сказала она. — Просто ключ завалился за зеркало. Можешь идти, куда хочешь.

— Сейчас сколько? — спросила я. — Половина девятого? Чудно. Тогда я пошла. В десять у меня свидание.

— Свидание? — вскрикнула она. — С кем?

Я откинула голову, как в оперетте, и захохотала.

— С отцом моего ребенка! — захохотала я. — Пока что — только с ним!

Она выскочила, хлопнув дверью. Потом у них с Яном началось крикливое объяснение, но я не стала слушать и ушла к себе.

Теперь надо объяснить, откуда у меня возникла идея кладбища, а то забуду. Во-первых, я надеюсь, что опять увижу эту, с выщипанными бровями, и если со мной рядом будет Феликс, устрою им очную ставку. Это первое и главное. Но кроме того — на кладбище мне помогут МОИ, и Феликс уже не отвертится. Я в это верю. Ведь вот если человек осеняет себя крестным знамением, нечистая сила сдается, верно? Так и здесь. Одна я с Феликсом не справлюсь, значит, надо привести его туда, где я не одна. ОНИ мне помогут. Я и так слишком долго тяну. Время будет упущено, не наверстаешь. Что с моим сыном?

Записала, что могу, еду на кладбище.

7 июля (2 часа дня). Почему все время так темно? И в комнате темно, и на улице? Голова уже не болит, но в ней стоит постоянный мелодичный звон. Потрясешь ушами, как собака, — звон громче. И темно, все время темно. Что было утром? Я все время боюсь сделать что-то не то, не туда поехать, не то надеть, перепутать, забыть. И все время куда-то выскальзываю, соскальзываю, шатаюсь. Никогда ничего подобного не было. Может быть, у меня давление? Не знаю. Итак, что было утром? Вот что: приехала, иду по главной аллее. Вижу ее спину на скамеечке. Сидит! Сидит, как всегда, на своем «враче-человеке»! Господи! Я заторопилась, бегу. И никак не могу найти свою тропинку. То в одну сторону подамся, то в другую — нет! Кресты и камни вокруг, не продерешься. Не наступать же мне на могилы! Спина у женщины неподвижна, сама как каменная. Я тороплюсь, чуть не падаю, а она сидит! И вдруг вижу: встала и уходит. Куда-то в другую сторону, прочь от меня. Я кричу: «Подождите!» Она — опять, как тогда, не оглядывается. Ушла, исчезла. И тут я (сама не знаю, как!) вышла прямо к могиле родителей. Вот папа, а вот — мама. Цветы засохли, давно я не была. Ее нет. На «враче-человеке» — свежие колокольчики, синие. Значит, она только что ушла. Земля теплая, пестрая и так спокойно пахнет. Я опустилась на корточки, положила руку на отцовский бугорок. Совсем не страшно. МОИ рядом, смотрят на меня. Слышу голос Феликса:

— Наталья!

Я обернулась: стоит. Послушался. Зачем я его вызвала? Ах, да! Деньги, дача! Сына надо спасать. На Феликсе — хороший серый свитер. Ботинки — старые, еще мной когда-то купленные. Вид потасканный, а в то же время заметно, что за собой следит, хорохорится. Убийца детей моих. Сыноубийца.

— Вот, — говорю я. — Увиделись все-таки.

Он стал серым, как его свитер.

— Я так и знал, — шепчет, — ты больна, Наталья. Наталья...

Я глажу его по щеке грязной, в земле, рукой. Он отшатывается.

— Идем домой!

— Да что ты! — говорю. — Какой там дом! У меня к тебе дело.

И протягиваю ему доверенность: «Я, Мартынова Наталья Николаевна, проживающая по адресу:

Никольский переулок, дом 7, квартира 310, доверяю продажу своей дачи и получение денег Мартынову Феликсу Алексеевичу и т. д.». Число и подпись.

Он молчит, смотрит на меня. Со страхом смотрит. Ноги меня не держат, опускаюсь на скамеечку. Он надо мной возвышается.

— Бери, — говорю я. — Бери и действуй. Деньги твои.

— Ничего я не возьму, — отвечает он. — Ты не отвечаешь за свои поступки.

— Ты возьмешь, — сморщилась я, — еще как возьмешь! Это же пятьдесят тысяч, не меньше! Вспомни, какой там дом! Папочка, — и глажу бугорок, — каждую половицу вылизал! Мне деньги не нужны.

— Что? — спрашивает он. — Что тебе нужно?

— Ты знаешь что, — говорю я. — Феликс! Все деньги — твои!

— Наташа, — он схватил меня за плечи, — что с тобой?

— Возьми, возьми деньги, — шепчу я, — мне ничего не нужно.

Я вдруг зарыдала. Он сел рядом. Щека — правая, повернутая ко мне, — в земле. Я испачкала. Мой муж. Мой муж. Не мой муж. Муж, не мой.

Объелся груш. Висит груша — нельзя скушать. Скушно. Пиши, пиши. Что было потом?

— Я помогу тебе, — шепчет он. — Но давай поговорим серьезно.

— О чем? — спрашиваю я.

— Наташа, — говорит он, — я не хочу тебя пугать, но как человек, тебе не посторонний, и отец нашей с тобой дочери...

Я опять сморщилась. Но тут же мне пришло в голову, что надо обязательно удержать его здесь, просидеть с ним здесь, на могиле, сколько можно, потому что — она вернется! Почему-то я была уверена, что она вернется.

— Ты видел нашего сына, — говорю я, — мертвым?

Он вскочил:

— Опять! — закричал он. (Разве можно так кричать на кладбище?)

— Что — опять? — говорю я. — Простой вопрос: смотри! — И достаю из сумки то, что мною было припасено, — несколько фотографий из нашего семейного альбома (я ведь приготовилась к этой встрече!). — Смотри.

На первой фотографии — мы с ним в Сочи. Начало января. ТА моя беременность. Месяца четыре. Пляж, ни одного человека, я в плаще, со вздыбленными ветром волосами, он — в куртке-ветровке, наброшенной на голову, обхватил мои плечи и состроил рожу тому, кто нас снимает. Кто нас снял — не помню! Кто-то третий был с нами. Если всмотреться, то уже видно, как плащ топорщится на моем животе, как мой живот натягивает ткань, и там, под тканью, дитя мое, наверное, шевелится, наверное, толкает меня изнутри своей горячей ножкой, и поэтому я так радостно и блаженно смеюсь, привалившись к своему мужу.

— Смотри, — говорю я и ногтем очерчиваю круг на фотографии, на своем выпуклом животе, — смотри, дорогой. Видишь? Это наш сын. Он ведь был. Ты видишь?

Смотрит на меня страдальчески. Смотри, смотри. Достаю следующую фотографию (как хорошо, что они сохранились!). К Феликсу в мастерскую привели какого-то француза или итальянца, не помню. Была небольшая вечеринка с русским угощением (я делала винегрет и пекла блины!). И кто-то нас всех сфотографировал. В центре — француз (или итальянец), кудрявый, как овца, в маленьких очках, с хищным носом, а по бокам — четверо художников, приятелей Феликса, потом кто-то неизвестный, который и привел в мастер-

246

скую этого француза-итальянца, и я — с большим животом, который возвышается над кудрявой головой иностранца, как круглая диванная подушка. Итальянец и художники сидят на полу, а мы с Феликсом стоим, и потому мой живот оказался в самом центре фотографии и сразу же притягивает к себе внимание.

— Вот, — говорю я старому, лысому, страшному, бросившему меня Феликсу. — Это уже перед самыми родами, начало июня. Видишь, какой мальчик большой? — И опять обвожу ногтем свой живот на снимке. — Видишь, сколько его? Так где же?

Внимательно слежу за его лицом. У него дрожат губы. Помогите мне, мои родные, помоги мне, Платонов! Сейчас он должен сказать мне все, как было, он должен отдать мне ребенка.

— Ты помнишь, — говорю я, — что сына я все-таки родила, с кесаревым, но родила! Живот мой пуст, его там уже нет! Двадцать пять лет, как нет!

Беру его руку и кладу на свой живот. Осторожно, но настойчиво. Руку не убирает, смотрит на меня со страхом, весь — серый.

— Так вот, — говорю я, — простой вопрос: где он?

Вдруг Феликс вскочил и рывком поднял меня со скамеечки.

— Наташа, — забормотал он, — пойдем домой. Тебе надо лечь, ты устала. Дома поговорим. Дома.

Я не стала сопротивляться, не стала. Почему? Стыдно произнести. Стыдно! У него были такие добрые, такие родные руки, и он так нежно, так крепко сжимал мои плечи, и так близко было его старое, ужасное, любимое лицо! Теперь я понимаю, что он опять обхитрил меня, опять обвел меня вокруг пальца, нас всех — моих родных и Платонова, — всех обхитрил, всех!

Я что-то не помню, что было дальше... Что? Да, лавочка, с лавочки он меня поднял. Что потом? Он сказал: «Прошу тебя, пойдем домой...» Я замотала головой. Уперлась. Думала, он будет тащить меня насильно, но он был страшно нежен и заботлив. Он гладил меня по голове, по спине, он целовал мои руки. И весь дрожал, весь. «Пойдем, пойдем, Наталья, — бормотал он, — ты устала, пойдем...»

Ах, вот оно что! Ему стало стыдно. Понимаю. Еще бы! Но ведь, чем тащить меня домой и причитать, сказал бы адрес детского дома, и дело с концом! Ах, какой ты хитрый, Феликс! Хитрый, предатель. Хорошо, пойдем домой, голова кружится. Я и так очень многого добилась сегодня: у него проснулась совесть, значит, еще немного, и скажет. Я тоже должна быть похитрей. Нельзя настаивать. Пишу все это дома. Я у себя в комнате, они с Нюрой в столовой. Говорят так тихо, что ничего не разберешь.

Почему так темно? Дождь, наверное, будет. Мой муж дома, моя дочка дома. Моя собака дома. Странно. Еще недавно это было моей настоящей, совсем несчастливой, но все-таки жизнью. Сейчас я словно бы играю роль в спектакле, который идет на незнакомом языке. Кстати, Тролль какой-то вялый, почти не лает, не прыгает. Жара, должно быть. И влажно, как в бане. Я записала, кажется, все.

8 июля. Я дома. Нюра тоже дома. Она ходит по квартире, злая и встревоженная, в трусах и лифчике. Жара ужасная, как в Ашхабаде. Нюру что-то беспокоит. Мне кажется, что она следит за мной. Она все время смотрит на телефон, потом на меня, словно мое присутствие мешает ей позвонить кому-то. Я сделаю вид, что сплю. Записывать буду потом, ночью. Кто-то стучит в дверь, звонок у нас сломан. Я знаю, что мне нужно быть ужасно осторожной, потому что они следят за каждым моим шагом. Для чего? Ах, как мне тяжело, как я путаюсь!

8 июля (ночь). Все время молюсь. Странно, я раньше считала себя человеком, верящим стихийно и малоосмысленно, а сейчас из головы не выходит одно: «Помоги, Господи!» Вся надежда моя. Думаю, как же Его мать пережила такое? Знаю, знаю, что Бог и Сын Божий, знаю! Но ведь на кресте мучился — человеком! Ведь плотью мучился! А мать была женщиной и любила Его, как женщины любят детей. Как я люблю своего сына. Маленького, больного своего ребеночка, отнятого, потерянного. Помоги, Господи, Пресвятая Дева, помоги мне.

Я сегодня многое поняла. Нюра думала, что я сплю, она несколько раз входила ко мне в комнату, я притворялась, даже похрапывала. Она поверила, ей не до меня. Пришел сиамец. У них был разговор, я подслушала. Вернее, так: дочь моя не умеет долго шептаться, она не из самых скрытных, не из самых терпеливых, она возвышает голос, крикунья, и очень избалована, ей на все плевать. Но я многое поняла, многое. Сейчас постараюсь записать. Сиамец колошматил в дверь, она открыла. Как была — в трусах и лифчике. Это страшный знак. Значит, они в отношениях. У нее фигура, как у Софи Лорен. Открыла дверь и повела его сразу в детскую. Но сначала посмотрела, сплю ли я. Я сплю. Детская у нас самая прохладная комната, в столовой невозможно находиться, она — на солнце, кухня тоже. Из детской доносился сначала их шепот, и я ничего не могла разобрать, потом слышу — повысили голоса, не выдержали! Он ей говорит: «Разберись уже, с кем ты! С ним или со мной!» Потом она — ему: «Я тебе то же самое могу сказать!» Он: «Я с ней не сплю!» С кем — с ней? Женат он, что ли? Она: «А этого я не знаю!» Он: «Зато ты меня знаешь!» Она: «Ты меня тоже!» Он: «Врунья! Ты мне наврала даже про то, как тебе целку разорвали! И хочешь, чтобы я после этого тебе верил! Ты еще две недели назад по нему с ума сходила! Куда все делось!» Она: «В другого вляпалась! Отмыться не могу!» Он: «Ни одному слову твоему не верю!» Она: «Ну и проваливай! Не заплачу!» Потом был какой-то грохот, стул упал, наверное, потом опять ее крик: «Не смей до меня дотрагиваться!» И его голос: «Блядь ты, вот что!» Потом все затихло, но через пять минут она выскочила проверить, сплю ли я. Я захрапела, и она вернулась в детскую. Я боялась шевельнуться. Потом сиамец сказал: «Давай отвалим». Меня холодный пот прошиб. Он: «В Штаты,

251

к моим. Хватит говно месить». Она: «Ах, скажите! А там ты кем будешь?» Он: «Там ребята помогут. И поеду не с пустыми руками». Она ему: «Козел, ты хочешь посидеть в американской тюрьме?» Он: «Там тюрьмы не такие, как у нас. Там курорт, а не тюрьмы». Тут началось торопливое чмоканье, кто кого целовал, я не поняла. Потом она громко прошептала: «Подожди, ко мне деньги плывут, не хочу терять. Большие». И что-то сказала совсем тихо. Я знаю — что! Она сказала ему про дачу. Вот какие деньги она не хочет терять! Ну, конечно, про дачу, потому что он ответил: «Не смеши меня, какие это деньги!» И она обиделась: «Для меня — большие, я наркотой не наживаюсь». Потом опять чмоканье. Значит, это он ее зацеловывает. Она сказала: «Ты что, не видишь, что здесь творится! У матери крыша поехала». Он, наверное, что-то спросил, потому что она ответила полную чушь, что-то про маниакальную депрессию. Ага, вот и диагноз! Не дождетесь. «Так ты, — говорит он, — будешь теперь всю жизнь ждать, пока она копыта откинет?» И тут — раздался звук! О, какой звук! Сладостный! Звук удара руки о щеку. Моя дочь дала ему по физиономии.

И я еле удержалась, чтобы не закричать от радости. «Проваливай! — сказала она. — И больше не приходи». — «Я его убью, — сказал он, — предупреждаю». Кого — его? Яна, что ли?

«Испугались тебя, — сказала она, — проваливай». — «А кто тебя трахать будет? — спросил он. — Не я, так кто?» — «Проваливай! — закричала она, забыв про всякую осторожность. — Пошел вон, я кому сказала!» — «Ну, считай, что ты его своими руками похоронила, девочка, — сказал он. — Будешь жалеть, учти!» И она испугалась, испугалась! Я была права, я же чувствовала, что она попала к уголовникам! Она вдруг сказала просительно: «Я надеюсь, ты шутишь?» — «Это ты себя спроси, — ответил сиамец. — Шучу я или взаправду». — «Я надеюсь, ты его не тронешь?» — «Еще как трону! — сказал он. — Не сомневайтесь». — «Но он же тебе друг!» — завопила она. «Ладно, — сказал он, — я тебя предупредил».

И ушел. Слышу — дверь хлопнула. Она закрылась в детской, ни звука. Я решила «проснуться», вышла, зеваю. Страшно мне, сил нет, кричать хочется. Постучалась к ней. Ни звука. Открываю дверь, она сидит перед зеркалом, красится. Уже одетая, в каком-то синем джинсовом сарафане.

— Ты уходишь? — спрашиваю я.

Она повернула голову. На лице густой слой

белого грима, губы были замазаны чем-то коричневым. Я вскрикнула. Не ее лицо, вампир.

— Слушай, — говорит она, — мама, слушай: ты это пошутила, да? Про дачу?

О, вот оно! Ей нужны дéньги! Она же без копейки, а тут этот кошмар! Ян, угрозы, наркота! Но ведь и мне нужны деньги! На того, брошенного, больного ребенка! Я сперва думала разыграть их с дачей, пообещать, чтобы только Феликс сказал мне, где сын, поманить, но не выполнить, но теперь поняла, что не имею на это права! Не смею я ее дурить, когда она на самом краю, когда у нее лицо вампира! Но несчастного вампира, дикого, глупого! Ребенок мой бедный в вампировой маске!

— Я не шутила, — сказала я, — я тебе помогу, только обещай мне...

— Что? — вскинулась она, — что «обещай»?

— Ты их выгонишь всех: и волосатого, и этого... Ты выгонишь их всех, и останешься со мной и с...

Прикусила язык. Чуть было не произнесла, идиотка!

— Мама, — сказала она хрипло. — Мне плохо. Мне очень нужны деньги. Продай дачу.

— Хорошо, хорошо, — заторопилась я, — это мы решили! Я хочу, чтобы твой отец этим занялся завтра же, я написала ему доверенность.

— А все остальное приложится, — сказала она, — мне нужны деньги, иначе... Иначе не знаю, что...

И тут же она взглянула на меня подозрительно. Я увидела, как в глазах ее появился вопрос, потом сомнение, потом — пустота.

— Тебе пора таблетку пить, — сказала она брезгливо, — подожди, я тебе дам.

Вспомнила, что на идиотку-мать нельзя полагаться! Дура! А кто у тебя есть, кроме матери! И у тебя, и у твоего брата?

Я выплюнула таблетку, она не заметила, конечно.

— Покажи мне доверенность, — сказала она.

Я показала.

— Ты можешь дать ее мне, я сделаю копию? — спросила она осторожно.

Они у меня в руках! Они оба: и Нюра, и Феликс! Эти пятьдесят тысяч (дача не стоит меньше, прекрасная дача!), даже, может быть, больше, а они знают, что я никогда не цеплялась за деньги. Что я отдам, отдам, тридцать, сорок тысяч отдам им обоим и не оглянусь! Ах, как просто! Вот вы и попались! Как я раньше-то не догадалась, что за козырь у меня в руках!

21 июля. Я не притрагивалась к этой тетрадке тринадцать дней. Голова болит, но лучше. Не могу глотать, спазмы. Хорошо, что не надо есть. Насильно не заставят, не буду, не могу. Я ухожу. Ах, если бы это было так просто: ушла, и все. Ушла — исчезла. А ведь тут-то только и начнется. Там, у ЕГО престола, меня ждет суд. Я к этому не готова, хочу еще побыть здесь.

Но хватит, хватит, пора.

Что я делаю? Зачем пишу? Допишу — и начну собираться. Почему мне хочется дописать? Кому я пишу? Душе, частью которой стану? Нет, другое что-то. Я хочу помочь. Я чувствую: помочь хочу, помочь. Сыну своему, дочери своей. Они — маленькие, слабые, им не справиться. Я помогу, допишу, договорю.

Тринадцать дней назад умер мой Тролль. Вот и произнесла. Стало быть — приняла и поняла. А то один туман был во мне. Как вспомню, что он умер, так меня заволакивало, и сразу — эта боль. Через всю голову. Тролль был моим последним детенышем. Я принесла его домой десять лет назад. Комочек шерсти, пахнущей сиренью. Да, сиренью. Я прижимала его к лицу, я помню этот запах. Сиренью и кислым молоком. Он был со мной все эти десять лет и любил меня больше всего на свете. Стало быть — не смею я жаловаться на нехват-

256

ку любви. Не смею я никого укорять. Был Тролль, любивший меня каждую минуту. Сколько минут пробежало за десять лет? Много! Вот сколько любви выпало мне. Все сбылось, все я получила.

Ночью, тринадцать дней назад, он подполз к моему изголовью и заскулил. Я не поняла, что с ним. Тогда он начал лизать мою голову, и боль, мучившая меня весь день, почти ушла. Но он опять заскулил, и я зажгла свет, чтобы посмотреть, что с ним. Он дрожал крупной тяжелой дрожью и прижимался мордой к моим рукам. Он надеялся, что я помогу ему.

— Хочешь пить? — спросила я.

И тут его вырвало прямо на мою постель. Он ужаснулся этому, он подумал, что я буду ругать его. Он еще успел ЛЮБИТЬ меня и тогда, когда пришел ко мне умирать, он успел испугаться, что огорчил меня! Собака моя. Родная собака моя, вернись ко мне. Ах, Господи, что я пишу! Его вырвало еще раз — чем-то желтым, и он начал ловить воздух открытым ртом и хрипеть. Тогда я бросилась к Нюре, распахнула дверь в ее комнату. Было очень душно, и я увидела их обоих — голых, спящих спинами друг к другу. Мне показалось, что теперь у них обоих такие же белые мертвые лица, как у Нюры было днем, когда она просила меня продать дачу. Я закричала, и они вскочили.

— Иди сюда, — кричала я и цеплялась за них, горячих и голых, не проснувшихся до конца. — Скорее!

Ян завернулся в простыню, а она так и выскочила, не прикрывшись. Тролль хрипел на ковре в моей комнате, изо рта его ползла пена.

— Дай воды, — сказала Нюра, — немедленно воды дай!

Ян принес воды, и они начали насильно поить его. Но он не мог пить, все выливалось. Тогда Нюра побежала куда-то звонить и стала объяснять по телефону, что у нас умирает собака. А я лежала рядом с ним на полу и прижимала его к себе, и целовала его. И — вот, чего я никогда не забуду: он лизал мои руки. Хрипел, захлебывался, лапы дрожали, но продолжал горячим своим языком лизать мне руки, потому что все еще чувствовал меня и благодарил меня за то, что мы с ним прожили. Собака моя. Вернись ко мне, вернись ко мне, вернись ко мне. Не знаю, сколько прошло времени, час, может быть, или двадцать минут, не знаю. Приехала ветеринарная неотложка. Нюра сказала, что это она упросила, потому что неотложка почти и не выезжает на вызовы, у них чего-то там нет — людей, бензина, не знаю. Они приехали и оттащили меня от него. Но он был теплым, он еще дышал!

Вижу все это, вижу. Он лежит — лапы вздрагивают, зрачки закачены — и на глазах моих становится все меньше и меньше, он уходит от меня! Исчезает! Врачиха в балахоне — сером или черном, как инквизитор, стоит на коленях и засовывает ему в рот трубку. Рядом Нюра и Ян, завернутые в купальные простыни. Два привидения. Держат меня за руки, хотя я не вырываюсь, я не вырываюсь, я просто прошу, чтобы врачиха перестала засовывать эту трубку в него, не надо его мучить, не надо. Что вы с ним делаете, оставьте его, я лягу рядом, прижму его к себе, мы заснем, отпустите.

Потом черная поднялась и обернулась к двери. Вошли двое помощников с большим мешком. Да, синим, большим. И они взяли его и засунули в этот мешок. Я кричала, да, я помню. Я кричала, а Нюра зажимала мне рот, плакала:

— Мамочка, мамочка, не надо! Ой-ой! Мамочка!

Они унесли его, черная похлопала меня по плечу и оставила в столовой какую-то бумагу. Зачем я все это так запомнила? Его унесли. Вернись ко мне, вернись ко мне. Деточка моя, деточка моя родная, вернись ко мне.

Тринадцать дней прошло. Я много думала, я все время лежала и думала. Нюра сидела у меня в ногах и рыдала. Что она рыдает так жадно? Словно дорвалась. Ян ушел. Сиамец не появляется. Я спросила, где они все. Она оскалилась, как ведьма, махнула рукой. Они ее выпотрошили, мою дочку, они ее выпили, обескровили. А мама твоя уходит, девочка, мама кончилась. Я была бы рада остаться, но чувствую — не могу. Пора мне. Так тихо у нас в доме без Тролля. Тихо, беззвучно, телефон молчит, за окном — дождь и ветер, темно, сумрачно. Какое дождливое выдалось лето! Нюра принесла клубнику, попыталась накормить меня насильно. Я не стала есть, не могу. Посиди со мной. Вчера я видела сквозь сон, что приходил Феликс. Потоптался надо мной, потом сказал:

— Обещали через пару недель...

О, надо торопиться! Что-то ему обещали через пару недель! Что-то он предпримет по моему поводу! Ухожу. Моя дочка осиротеет, а мой сын так и не встретится с матерью. Подожди, Наталья, подожди. Ночью страшно важная мысль пришла мне в голову, самая важная, и надо напрячься, вспомнить ее и записать. Что это было?

Да, вот что: я наказана тем, что по сей день не

знаю, где мой сын и что с ним. Но я заслужила это наказание. Я его не хотела, сына. Я все время лгала. Мальчика своего я не хотела. Я испугалась беременности, я испугалась — избалованная идиотка — своего собственного ребенка, мне нравилось играть в куклы. Феликс повез меня на аборт. У меня была записка к главврачу гинекологического отделения одной больницы, не помню номера, где-то на «Войковской», и конверт с деньгами в сумке, и зубная щетка, потому что после аборта я должна была провести в больнице ночь. Это было в декабре, до Нового года. Мы шли по аллее больничного парка ранним утром, часов в восемь. Было темно и холодно, и я не догадывалась, что иду убивать, и мальчик мой не знал, что я задумала и куда я так тороплюсь. Или он знал? Ах, как страшно! Наверное, он плакал и просил меня не делать этого, а я скользила по снегу, вцепившись в руку Феликса, и ничего не слышала, торопилась, торопилась. Что он чувствовал тогда, мальчик мой? Что он думал тогда обо мне, своей матери? Вдруг пошел снег. Феликс сказал: «Беда, барин, буран». Мы искали корпус номер восемь, но не могли его найти. Никого не было в больничном парке, только два раза за голыми деревьями мелькнула чья-то фигура в сером халате поверх пальто, толкающая перед собой нагруженную тележку. Что было в тележке, не знаю. Мертвый, которого перевозили в морг, котел с кашей? Не знаю, не знаю. Мы так долго искали корпус номер восемь и так закоченели, что я вдруг сказала Феликсу:

— Знаешь, что? Хватит. Поехали домой.

Он уставился на меня, не понял. Я ли это произнесла? Не знаю. Хранитель мой говорил моим голосом. Я вдруг стала непреклонной, не похожей на себя. Снег шел все сильней и сильней, уже ничего не было видно — ни корпусов, ни деревьев — одно белое сплошное месиво, словно там, наверху, делали все, чтобы я не нашла корпус номер восемь, не выполнила того, что задумала.

— Хватит, — повторила я. — Мы оставляем ребенка.

Мы вышли из парка, поймали такси и вернулись домой. Я успокоилась и больше никогда не вспоминала ни это утро, ни этот снег, ни фигуру в сером с нагруженной тележкой.

А сейчас — вспомнила. Грех мой вернулся ко мне. Ничего случайного нет и не было. Бог лишил меня сына, потому что я не хотела его. Я сама навлекла на себя горе.

...Если ты жив, дитя мое, прости меня за то, что

я не сумела найти и спасти тебя. Женщина на могиле «врача-человека» пришла слишком поздно, у меня не хватило сил. Если же ты мертв, дитя мое, прими меня к себе, даже если грехи будут тянуть меня во тьму-тьмущую. Возьми меня в свой свет, дитя мое, пожалей меня.

Я ухожу. Нюра остается одна, в пустой квартире, без родителей и без собаки. Я буду помогать ей **оттуда** так же, как мои родные помогали мне. Я ее не оставлю.

Бостон. 1999—2000 гг.

ВЕСЕННИЙ ДЕНЬ, 13 МАЯ

Пришла телеграмма из Москвы: «Умерла дочь. Похороны во вторник. Нина». Профессор Браунского университета Николас Брюлоу, по-русски Николай Арнольдович Брюллов, — остолбенел. Он, разумеется, сразу же понял, от кого телеграмма, и понял, кто умер, но лица женщины, пославшей эту телеграмму, вспомнить не мог, не мог сосчитать, сколько лет должно было быть этой дочери, которая умерла, а главное, он не знал, как ему реагировать на страшное известие, полученное из того мира, к которому он не имеет уже никакого отношения.

Ужас, охвативший его, когда он пробежал глазами коротенький текст извещения, относился не к тому, что оно заключало в себе, а к тому, что могло бы заключать, если бы Богу было угодно поразить Николая Арнольдовича истинным горем. Тогда это было бы известие не о смерти

264

этой, пару раз виденной им, чужой совсем девушки, а о смерти его ненаглядной красавицы, умницы, радости Маши, недавно уехавшей с мужем в Японию, в Токио. Ведь дочка-то Маша! О Господи, страшно подумать...

Успокоившись, он застегнул пальто и прихватил на всякий случай палку, которую купил себе на днях в антикварном магазине в Ньюпорте, куда они с Маргаритой поехали погулять и проветриться, скучая по Маше, по общим воскресным обедам. Магазины в Ньюпорте — такие, как тот, антикварный, — прелестны. Мысль Николая Арнольдовича, как белка, перепрыгнула с московских событий в Ньюпорт и, уцепившись за антикварные магазины, застыла почти без движения. Да, там магазины, и было тепло в воскресенье. И он присмотрел эту палку. Ненужную, в общем, но недорогую.

Когда же она умерла, эта девушка? Сколько ей лет? То есть было бы сколько?

Опираясь на палку и всей своей тяжелой, но очень красивой кистью правой руки чувствуя приятную прохладу ее серебряного набалдашника, Николай Арнольдович поднялся по лестнице, вошел в кабинет и взял там стоящий на стуле портфель. И тут его вдруг что-то как укололо: с таким вот тяжелым портфелем он бегал когда-то — давно, в другой жизни! — в Москве. Эскалаторы, спешка. Ну да. Он там бегал и был молодым и подвижным. Женщины смотрели на него, и он отвечал их любопытным взглядам. У них были подведены уголки глаз — тогда это было так модно. И что-то еще...Что? А, вот это! Они носили вязаные платки и сверху меховые шапки. И все были словно боярышни. И Нину он встретил в метро. Она была точно такой же: стыдливой и стройной боярышней с подведенными серыми глазами.

В комнату заглянула жена, бледная, по-утреннему растрепанная, и кротко спросила его, что случилось. Ее способность безошибочно угадывать его настроение всегда поражала Николая Арнольдовича. Маргарита, как девочка из сказки, которая забралась в котомку к медведю, чтобы он не сел на пенек и не съел пирожок, знала, что происходит с ним, гораздо лучше, чем он сам это знал. Теперь, разумеется, было поздно анализировать, насколько удачен был их этот брак. Он был очень долог (почти сорок лет!), и она родила ему Машу.

Николай Арнольдович любил женщин до бешенства. Даже сейчас, в свои семьдесят лет, он чувствовал дикое волнение, когда какая-нибудь

266

голоногая студенточка в шортах, с блестящими душистыми волосами и густыми ресницами входила к нему в кабинет и робким голосом просила перенести ей экзамен. Он соглашался на любые переносы — только бы она скорее ушла, только бы не видеть, как ее тонкая шея вплывает в горячую смуглую грудь, как дешевая сережка поблескивает в прозрачной мочке и как розовеет царапина на круглом и легком колене, подернутом еле заметным пушком.

— Ник? — вопросительно спросила Маргарита. — Ты что, плохо спал? Или чем-то расстроен?

Николаю Арнольдовичу очень захотелось сказать ей правду. Тогда Маргарита, с ее любящим сердцем, немедленно взвалила бы на себя большую часть его огорчения. Ему, разумеется, стало бы легче. Но как же сказать Маргарите, жене, что вот умерла его дочь, которую он даже и не вспоминал, а ей, Маргарите, ни разу о дочери не заикнулся?

— Я не расстроен, — сухо ответил он. — Но с вечера очень болит голова.

Он сознательно перешел на русский, желая этим поставить ее на место, напомнить ей, что никакие они не американцы, живут здесь по необходимости, а сама Маргарита — внучка белого генерала, родившаяся в Париже, окончившая там Сорбонну и только после этого переехавшая с мужем в Америку, где у Николая Арнольдовича всегда была работа по специальности и всегда в самых лучших американских университетах. Специальностью Николая Арнольдовича был русский восемнадцатый век и особенно боготворимый им Державин, которого он неизменно ставил куда выше всех европейских поэтов, включая при этом и Пушкина.

— Ты, может быть, примешь лекарство? — покорно переходя на русский, но со своим неизменным французским придыханием, спросила Маргарита. — Тогда ты запей.

— Да нет, потерплю, — отмахнулся он и, все сильнее досадуя на жену за то, что она не должна знать той правды, которая обрушилась на него, стукнул дверью.

До лекции было почти еще сорок минут. Он поставил свою старую, но добротную, мышиного цвета «Вольво» на стоянку и, зайдя в маленькое, на четыре столика, кафе, взял себе бумажный стакан булькающего темного шоколада, к которому питал слабость со времен Сорбонны. Стояла середина мая, время, которое Николай Арнольдович особенно любил с детства, прошедшего в заросшей лесами, наивной, с широкими реками Чехии. В Чехии-то и пробудилась его «русскость», хотя землю, из которой вышла его семья, Николай Арнольдович увидел впервые, когда ему исполнилось тридцать два года и он, аспирант Сорбонны, поехал в Москву на стажировку. Бабушка, вырастившая Николая Арнольдовича, называла красную Россию одним словом: «ад» и до конца дней своих благословляла то стечение обстоятельств, которое позволило ей, ее сестрам, отцу, брату, маме покинуть его, этот ужас. Когда Николай Арнольдович переехал из Праги в Париж, а уже из Парижа в Америку, пылкая любовь к Державину, а заодно и ко всей великолепной, «немыслимой» — как, содрогаясь, говорил он иногда самому себе — русской литературе переросла в любовь к той земле, из которой пришлось убежать его бабке, отцу, теткам, прадеду, и он привык любить ее не так, как любят конкретную землю, в которой есть или мог бы быть дом, а так, как любят идею какой-то далекой земли, когда говорят, например, «мои предки». К России сегодняшней — нужно признаться — он чувств никаких не испытывал.

Опять наступил этот май! Опять его звуки и запахи. Николай Арнольдович вдруг резко остановился на ходу и слегка расплескал шоколад из стаканчика. Он вспомнил, что вскоре, в Москве, где, наверное, тоже цветет, распускается все, зеленеет и дышит, что там, в этой очень забытой Москве, будут хоронить его дочку по имени Ксения, закапывать в землю. А сколько же лет этой Ксении? Когда же она родилась? Он зашевелил губами, подсчитывая. И вышло так мало, всего тридцать шесть. Да как же так вдруг? Что же вдруг: умерла? Ведь совсем молодая!

А вдруг у нее были дети? Николай Арнольдович поднял голову и увидел во глубине очень ясного синего неба тихие белые облака, в которых он сумел разглядеть большеглазые детские лица, попавшие в небо со старых полотен. И Машино было лицо там. Да, слева, где вспыхнули локоны.

После лекции можно было сразу пойти домой, но Николай Арнольдович отправился в свой кабинет, расположенный в самом конце вкусно пахнущего старым деревом коридора. Дверь соседнего кабинета была открыта, и, проходя мимо, он увидел сидящего за столом профессора Тэда Драйвера — тучного, неухоженного, с большой серебряной головой. Тэд читал курс по европейскому и русскому романтизму, был добр и снисходителен к студентам, никогда не заискивал перед начальством. Похоронив жену, он почти прекратил все отношения с миром, в университет приезжал только на занятия, а все остальное время сидел дома — в холодные дни перед камином, а в теплые на веранде, — читал, много пил, спал, накрывшись платком, в своем побелевшем, продавленном кресле, расставив распухшие ноги, и, голубоглазый, со старческими серебряными завитками на толстой малиновой шее, похож был на старых вельмож и придворных.

Николай Арнольдович замешкался перед раскрытой дверью, думая поздороваться и пройти дальше, но вдруг увидел, что Тэд изо всей силы трет себе кулаками глаза, как это делают дети, чтобы скрыть слезы.

— Вы знаете, Ник? — глубоким басом, в котором тем не менее было что-то детское, сказал Тэд. — Сегодня ведь год, как моя Лизи...

— О? — встрепенулся Николай Арнольдович. — Подумайте: год! Бедняжка, бедняжка...

— Бедняжка-то я, — тем же детским басом отозвался Драйвер. — Бедняжка тот, кто остается.

Николай Арнольдович молча вытащил из кармана смятую телеграмму и положил ее перед Тэдом. Тэд торопливо, услужливым детским движением, вытер мокрые щеки, прочитал и вопросительно посмотрел на Николая Арнольдовича своими выцветшими голубыми глазами.

— Когда вы летите?

— Куда я лечу?

— Как куда? Хоронить? Ведь они же зовут вас!

Николай Арнольдович опустился на соседний с Драйвером стул и схватил было телеграмму, чтобы сунуть ее обратно в карман, но рука его вдруг задрожала так сильно, что он раздраженно отдернул ее и прикрыл книгой, как что-то чужое и вовсе ненужное.

— Вы жили в Москве тогда, Тэд? Вы ведь помните это все. Верно?

— Жил, но я не в Москве, — пробормотал Драйвер и высморкался. — Жил тогда в Ленинграде. И там познакомился с Лизи. Она работала переводчицей в шведском посольстве. Это было прекрасное время. Да, Ник. Я был весь переполнен любовью!

Голубые глаза его опять налились слезами, и Николай Арнольдович подумал, что он, может быть, выпил, но тут же отбросил это подозрение.

— Там было столько любви, — продолжал Драйвер. — Она была во всем. Душа запоминает время, когда в ней так много любви. Согласны вы, Ник? И я помню каждую мелочь, каждую ерунду, как сокровище. Я, например, помню какую-то старуху, которая подошла к этому автомату, — знаете? — из которых пили газированную воду. Она не знала, как им пользоваться. И она посмотрела на меня и сказала: «Сынок, а ты сделай мне, милый, водички попить».

Последнюю фразу он произнес по-русски, махнул рукой и опять высморкался.

— Вы встретили Лизи, — резко, чтобы прервать слишком чувствительный разговор, сказал Николай Арнольдович, — а я встретил одну женщину, которую сейчас совершенно не помню. И от нее у меня был ребенок. Вернее, у нее был ребенок от меня. Но она не была ни женой моей, ни невестой, и вообще все это могло бы для нее плохо кончиться. Кроме того, она была замужем.

— Вы уверены, — мягко прервал его Тэд, — что это был ваш ребенок?

— О, конечно! Нина попыталась даже уйти ко мне, но муж и вся его семья вернули ее тогда силой. Они очень боялись неприятностей с властями. Но у нее не было отношений с мужем, когда мы с ней... Я ей верю, я знаю, что не было. Ребенок был мой. Без сомнения.

— Как вы можете не полететь? — совсем тихо спросил Драйвер. — Ведь вы же должны попрощаться.

Николай Арнольдович растерялся. То, что говорил Тэд, было для него полной неожиданностью. Лететь, чтобы попрощаться... с кем? С умершей, которая биологически (он мысленно подчеркнул это странное слово!) была его дочерью, но не знала его, и которую он видел всего лишь два раза?

* * *

Черная маслянистая вода Патриарших прудов была густо засыпана листвою. Утки изредка переговаривались в темноте, хлопотливо и беспокойно, как женщины на вокзале. Было не холодно, но призрачно как-то, накрапывал дождь, и окна светили сквозь тонкие капли, напоминая ему окна парижские, пражские, детство...

Николай Арнольдович хотел поспеть на премьеру «Вишневого сада» во МХАТе, поглазеть на девушек, прихорашивающихся перед зеркалами, услышать их запахи, аплодисменты, увидеть, как торжественно раздвигается старый занавес, как на сцене начинается движение, волнение, разговоры... Вместо этого он уже час сидел здесь, на мокрой лавочке, рядом с памятником баснописцу, и ждал, пока Нина накормит ребенка. Так они договорились. Она накормит ребенка и придет сюда вместе с ребенком, чтобы Николай Арнольдович наконец-то посмотрел на него. Вернее сказать, на нее. Ребенок не мальчик, а девочка. Ксения.

Наконец он заметил Нину, которая спешила к нему, толкая перед собой блестящую от дождя, вспыхивающую в раскачивающемся свете фонарей коляску. Он помнил, как сердце его застучало. Они ведь не виделись долго. Нина приостановилась, словно ей стало трудно двигаться, и он почувствовал, с какой силой ее руки вцепились в эту коляску и как она вся напряглась и застыла. Тогда он побежал к ней сам, перчатки упали в лужу, но, кажется, он их не поднял. Как странно, что все это — как фотография. Достанешь откуда-то, из влажной и темной коробки сознания, смотришь и смотришь... Упали перчатки. К чему это помнить?

Николай Арнольдович поцеловал Нину в мокрую теплую щеку и, заглянув под клеенчатый козырек коляски, увидел сидящего в ней большеглазого ребенка. Он не знал, что сказать, что сделать, боялся обидеть Нину, которая, задыхаясь от быстрого бега, с ожиданием смотрела на него. Ну, что же? Прекрасный здоровый ребенок. И имя достойное, русское: Ксения.

А потом, через четыре почти года, когда Николай Арнольдович был уже женат, успокоен, ухожен, представилась возможность поработать в ИМЛИ, поехать на месяц в Москву, — он поехал, думая разыскать Нину и даже увидеть ребенка, но не успел, потому что Нина разыскала его сама (тогда ему пришло в голову, что она как-то, через общих московских знакомых, ни на день не упускает его из виду!), она разыскала, позвонила в гостиницу из автомата — иначе нельзя, ведь опасно! — и прибежала в музей, где Николай Арнольдович выступал с докладом о Пушкине и о Державине. Чуть только он поднялся из подвальчика, где была раздевалка, вспухшая от тяжелой зимней одежды, платков этих вязаных, шуб, благоухающая снегом, — как Нина неожиданно выросла перед ним, испуганная, только что с улицы, с московского ветра, с мороза, держа за руку закутанную, в широкой цигейковой шубке и капоре, девочку.

* * *

— Мне нужен билет до Москвы и обратно, — глуховато и спокойно сказал Николай Арнольдович в трубку. — Но только мне срочно.

— В Россию без визы нельзя, — приветливо

напомнила знакомая агентка, у которой они с Маргаритой недавно заказывали билеты в Токио.

— Ах, виза! — сморщился Николай Арнольдович. — Забыл я про визу.

— И это не меньше недели, — сказала агентка. — Они не торопятся там, в Вашингтоне.

— Но мне же на похороны, — вдруг буркнул он и вспыхнул. — У меня там умерла... Короче, мне нужно успеть, вот в чем дело.

— Тогда я вам сделаю срочную. Правда, дерут. Почти восемьсот. Завтра будет готова. А что вы хотите? Lufthanza есть, Delta.

— Нет, мне бы лучше на Swiss. Там вроде кормят прилично...

— Сейчас, погодите...

Николай Арнольдович услышал, как пальцы музыкально зашелестели по клавишам компьютера.

— Готово, — вздохнула она. — Высылаю. Пересадка в Цюрихе. В Москве в понедельник, в час дня. Вас устроит?

— Прекрасно, прекрасно, — пробормотал Николай Арнольдович.

— Мистер Брюлоу, — сочувственно сказала знакомая агентка, и он почти увидел, как она сложила губы сердечком. — У вас там, в Москве, кто-то умер?

— Да, дочь умерла, — сердито ответил Николай Арнольдович. Агентка тихо ойкнула. — Вот номер кредитной карты, пишите.

Вернувшись домой, он сразу же начал укладываться. Маргариты не было, и только через час он услышал, как во двор въехала ее машина.

— Прости, задержалась, — сказала она, войдя в спальню с какими-то пакетами и коробками. — Вот, Машеньке, в Токио... Ты пообедал?

Взгляд ее с удивлением остановился на раскрытом чемодане.

— Нет, я не хотел без тебя, — упавшим голосом ответил Николай Арнольдович. — И я улетаю в Москву.

Маргарита испуганно покраснела.

— У меня там была дочь, — с досадой, словно кто-то виноват в этом, объяснил он. — От женщины. Русской. Задолго до нас. До тебя и меня. Она родила тогда дочь. Ей хотелось. Потом мы расстались. И все. Я уехал. И вот эта дочь умерла.

Маргарита прижала ладони к своим продолговатым увядшим щекам.

— Как так умерла?

Волнуясь, она всегда переходила на французский.

— Не знаю. Я видел ее только в детстве, ребенком. Два раза. Сейчас вот она умерла.

Он слышал, что слова не подчиняются ему, проталкиваются сквозь горячую соленую кашу, которая наполнила рот, и только мешают. А как говорить? Что сейчас говорить? И главное, что нужно чувствовать?

Жена подошла к висящей в простенке иконе Богоматери и трижды медленно перекрестилась. Потом она повернула к Николаю Арнольдовичу лицо, на котором он с удивлением увидел то выражение, которое так сильно запомнилось ему со времен Машиного детства.

— Я приму все, что Он мне пошлет, — сказала она тогда, когда у Маши впервые диагностировали опухоль глазного нерва.

И все эти годы, пока они проверяли, сходили с ума, ездили на консультации, ждали результаты рентгенов и снимков, — все годы, пока им наконец не сообщили, что опухоль остановилась, сжимается, — он часто, слишком часто ловил на ее лице это странное выражение. Ему казалось, что какой-то еле заметный дым обволакивает ее, словно для того, чтобы спрятать отчаяние. Такое, которое больше никто не разделит. Николай Арнольдович понимал, что это Бог помогает Маргарите, защищает ее, чтобы она справилась со своим горем сама и даже ему, отцу Маши, была бы не в тягость.

— Нужно помолиться за ее мать, — тихо сказала Маргарита и по-стариковски зашаркала в столовую. — За мать, за отца. Ты отец, за тебя. Ой, горе! Вот горе!

Николай Арнольдович ахнул про себя: Маргарита соединила его и Нину в их общем горе! Только Маргарита могла так вот взять и сказать: «ты отец, за тебя». И как она просто, спокойно сказала!

* * *

Перед полетом он принял таблетку снотворного, но с раздражением чувствовал, что, кроме слабости и легкой дурноты, ничего она ему не даст, — не заснет, только будет потом как в тумане. Рядом сидел мужчина, довольно молодой, с беспокойными и очень жгучими черными глазами, кудрявый, с сильной проседью в жестких волосах. Вскоре он снял ботинки, и Николай Арнольдович с негодованием почувствовал запах пота от его маленьких ног в светло-серых носках.

— Плиз, — беспокойным настойчивым голосом сказал сосед, обращаясь к стюардессе и блестя слишком ровными и слишком белыми зубами. — Мне, плиз, джус томато. Энд айс, анд а лемон[1].

«Рогожин!» — вдруг подумал Николай Арнольдович, засовывая под голову подушку и отворачиваясь к окну.

Через час в самолете погасили свет, и Николай Арнольдович закрыл глаза, твердо намереваясь заснуть.

— Икскьюз ми[2], — громко сказал сосед. — Как лайт[3] вам? О'кей?

— Пожалуйста, — сквозь зубы ответил по-русски Николай Арнольдович.

Рогожин так и подскочил:

— Эк! Русский! А я-то уж думал, что американ!

— Я русский только по происхождению, — сухо объяснил Николай Арнольдович.

Черные глаза соседа бешено и весело загорелись:

— И как же? С нацистами вместе?

---

[1] Мне, пожалуйста, томатный сок. Со льдом и с лимоном (*искаж. англ.*).

[2] Excuse me — простите (*англ.*).

[3] Light — свет (*англ.*).

— Нет. Раньше. От большевиков, — неприязненно ответил Николай Арнольдович, злясь, что его насильно втягивают в разговор.

— А, это годится, — успокоился Рогожин. Глаза его погасли. — Я тем бы, которые щас уезжают, тем ноги бы всем обломал!

Николай Арнольдович приподнял брови:

— За что? Чем они вам не угодили?

— А тем, что одна вот такая, из этих, мне дочку взяла увезла! Сюда, к вам, тут, в Штаты!

— Чью дочку взяла увезла? — невольно повторил Николай Арнольдович.

— Мою. Чью еще? Нашу дочку. С евреем связалась, и все. Отвалила.

Николай Арнольдович делано зевнул, но Рогожин словно бы и не заметил.

— Приятно знакомиться, — сказал он и, заскрипев кожаным пиджаком, развернулся к Николаю Арнольдовичу всем своим крепким, коротеньким телом. — Я Велешов Гена, Геннадий.

— Брюллов, Николай, профессор русской литературы, — пробормотал Николай Арнольдович.

— А я бизнесмен, — засмеялся Велешов. — Из Томска. Торгую лесами. Бывали у нас-то, в Сибири?

— Нет, мне не случалось.

— А вы приезжайте! У нас все путем там, не то что в столицах. Народ у нас крепкий, с деньгами, веселый. Вот я, например: дом в городе, дача, машины. Три штуки. Люблю, не скрываю. Чем плохо? Прислуга, шофер, повариха. Короче, живем — не зеваем! Не будь я таким мудаком, так бы... — Он вдруг искривился и скрипнул зубами. — А я вот мудак! За то и плачу вот, что все по-мудацки!

Николай Арнольдович слегка сморщился:

— Ну, что вы заладили! Всяко бывает...

— Бывает-то всяко, да вот не со всеми! — живо откликнулся Велешов. — Женился я, вот что! Приехал в Москву, там дружки, трали-вали. Один говорит: «Хочешь, телку подброшу? Хорошая телка! Не блядь, а актриса. В театр с ней сходишь, культурно, прилично...» Ну, я рот раззявил! Привел он мне телку. Ну, просто хоть падай! Что руки, что ноги. А сиськи — вот так! Пятый номер! И я, блин, присох! Короче, влюбился, и все, и с концами! Да взял и женился. А что? Нет мозгов-то!

— Женились, а дальше? — слегка заинтересовался Николай Арнольдович. И спать не хотелось совсем, совершенно.

— Ну вот. Я женился. В Италию с ней махнул, на Ривьеру. Гуляли шикарно. Потратился. Ладно. Не жалко, еще заработаю. В Томске морозы. Купил ей две шубы. Такие, что... Ладно! Живет королевой. Потом смотрим, пузо. Я рад. Думал: парень. А вышла девчонка. Ну ладно, девчонка. По мне, пусть девчонка, была бы здорова. Смотрю: заскучала. Моя-то, принцесса. Забот никаких же! Кормить — не кормила, вставать — не вставала! Зачем ей? Две няньки, курорт, трали-вали... Потом говорит: «Не могу без театра. Погибну без сцены, и все. Погибаю».

Ну, я-то, мудило, ее пожалел. Думал: ладно! Возьмем режиссера, пусть ставят, играют. И выписал сволочь одну, режиссера! Он там-то, в Москве-то, протягивал ножки! А тут я — квартиру, блин, деньги, зарплату! Чем плохо-то, правда? Спектакль поставили. «Даму с собачкой». Гастроли устроили. Ну, покатались! За все ведь заплачено, в ус-то не дуют! Моя вся сияет: театр! Театр! А мне режиссер говорит: «Слушай, Гена, ведь мы и в Америчку можем! Ребята помогут. Так многие ездят сейчас, это просто. Еще заработаем бабки, не думай». Ну думаю: ладно. Чем черт-то не шутит? Купил им билеты, гостиницу. Ладно. Уехали, значит. А там она, сука, в Америчке вашей... — Опять он неожиданно замолчал и заскрипел зубами. — А там она, блядь, под другого легла!

Николай Арнольдович вздрогнул от его сорвавшегося, тонкого, как проволока, голоса.

— Приехала и говорит: «Отпусти!» — «Вали, — говорю, — пока добрый!»

Развод сразу дал, развели. Она — хоп! — и в Москву! И с ребенком, конечно. А там расписались. Он тоже в Москве, что ли, был, я не знаю... Ну, и...

— Что? — спросил Николай Арнольдович, чувствуя, что сейчас-то и начнется самое главное.

— Отдал ей ребенка. Бумагу. Все как полагается, все по закону. Короче, претензий нет, вывозите! Не жалко, хоть в Африку! Я вам не возражаю. Уехали. Ладно. Живу — не тужу. Телок тоже хватает. На то они — телки. Вы как? Вы согласны?

Велешов диковато хохотнул и схватил своим широко открытым ртом сгусток холодного ветерка из вентилятора.

— И тут вдруг приходит письмо. От нее. Вот так, мол, и так, школы очень плохие, когда, мол, не платишь. А дочке ведь в школу идти. Не можешь ли ты нам помочь? Ну хоть сколько? Мы оба актеры, муж ночью в такси, а я по субботам учусь маникюру. Работаем много, с деньгами не шибко. На школу, мол, нам не хватает. Согласен помочь? Ну, тогда напиши. И все. Мол, желаю здоровья. Ух!

285

Я аж взорвался! Аж позеленел! Ну, думаю, ладно! Ну, блин, ты попляшешь! Взял басню-то эту, стрекозью, и все тут! Послал ей в конверте. А больше — ни слова. Жду месяц, другой. Молчит, затаилась. Всегда была гордая, сука! И вдруг бандероль. Я открыл, посмотрел, а там фотографии дочки. И тоже — ни слова. Мол, хочешь — гляди, если нет — не заплачем. Ну, я поглядел.

Велешов вдруг тяжело задышал, как будто ему не хватало воздуха, и расстегнул верхнюю пуговицу рубашки.

— И — как обварило! Ребенок-то мой! Ведь плоть вот от плоти! А я взял отдал! Чем я думал?

«Психопат!» — сверкнуло в голове Николая Арнольдовича.

— И я написал, что желаю вернуть! Чтоб дома жила, а не шлялась у вас там! Пишу ей письмо: мол, давай — отдавай, и выкуп получишь. За дочку-то выкуп. И купишь себе там театр. А что? Она же актриса! Без сцены не может! В ответ мне звонок: «Ты с ума, что ли, спятил? Да кто тебе дочку отдаст?» В общем: «даже не думай!» Ну, думай не думай, а я полетел. Увижу глазами, мол, что там к чему. Она — ни в какую! Проваливай! Ладно. И денег не нужно. Вали, обойдемся. А я как рехнулся. Отдай да отдай! Вот такие дела. Летал третий раз.

Присушило. Теперь один выход: их там замочить, ну, обоих, конечно, а дочку-то выкрасть...

Он поймал полный ужаса взгляд Николая Арнольдовича и расхохотался:

— Да вы что? Всерьез, что ли? Я пошутил.

Николай Арнольдович видел, что Велешов не шутит, и хотел было что-то еще спросить у него, но передумал. Да и Велешов вдруг потерял к Николаю Арнольдовичу весь интерес, заерзал в кресле, потом отстегнул ремни и сказал:

— Пойду отолью. Ночь еще впереди.

И ушел, вызвав у Николая Арнольдовича новую волну отвращения. Когда он вернулся, Николай Арнольдович, твердо решивший не открывать глаз и больше с ним не разговаривать, уже задремал без притворства: снотворное все же сказалось.

* * *

...они проводили лето в Швейцарии, в маленькой горной деревне. Он, Маша и Маргарита. И Машеньке было шесть лет. Николай Арнольдович обрадовался этому сну, как старому знакомому, и приготовился смотреть его так, как смотрят кино, — с удовольствием. По густому чудесному запаху, памятному ему со времен Чехии, он догадался, что начали доить этих тучных и пестрых коров, только что вернувшихся с пастбища. Он хотел позвать Маргариту и Машеньку, но вместо них пришли другие: женщина с маленькой девочкой. Николай Арнольдович не знал, что эта девочка существует на свете, и теперь он с удивлением смотрел, как женщина, присев на корточки, раздевает ее, расстегивает кофту, разматывает клетчатый грубый платок. Он видел, что девочка очень слаба и худа: ребрышки ее так и светились сквозь тонкую кожу.

— Болеет, — сказала женщина и обернула к Николаю Арнольдовичу круглое незнакомое лицо. — А ты ей отец. Покорми. Молочком-то.

Николай Арнольдович начал оглядываться в поисках бидона с молоком, чтобы покормить эту чужую ему девочку, которую женщина ошибочно приняла за его дочку, но вокруг была только густая трава, вся в холодных, ослепших ромашках.

— Пришло молочко-то, — прошептала женщина. — Пощупай, ведь ты ей отец.

Николай Арнольдович проследил за ее взглядом и убедился, что она смотрит прямо на раскрытый ворот его полотняной рубашки, горячо намокшей изнутри. И там, под рубашкой, течет что-то липкое.

— Молочко! — ужаснулся он и зажал липкое ладонью.

Рука его стала белой и мокрой, и тут же дымящаяся струйка молока закапала прямо на траву.

* * *

Николай Арнольдович застонал. Черные глаза Велешова радостно сверкнули на него.

— А я-то уж думал будить! — засмеялся он. — Не шибко спокойно вы спали. Вон чай нам несут. Или кофе.

Стюардесса с припудренным кончиком хищного носа склонилась над ними:

— Some milk? Or some cream? Sugar? Lemon?[1]

В Москве шел дождь. По полю аэродрома бегали худые солдаты, потом, нагруженный чемоданами, на которые хлестала вода, проехал открытый фургон. Пассажиров долго не выпускали из самолета, и Николай Арнольдович решил не суетиться, а спокойно сидеть в своем кресле и ждать. Слева от аэродрома хрупко белела березовая роща, похожая чем-то на русскую песню, которую спели однажды и тут же забыли.

---

[1] Молоко? Сливки? Сахар? Лимон? *(англ.)*

На паспортном контроле Николай Арнольдович опять увидел Велешова, разговаривающего по мобильному телефону. Лицо его было брезгливым и смятым. Встретившись глазами с Николаем Арнольдовичем, он тут же оскалился и отвернулся. В гостинице «Савой», где был забронирован номер, блестели декоративные самовары, краснели цыганские платки, а у швейцара, как показалось Николаю Арнольдовичу, была приклеена борода. Приняв душ и разложив свои вещи, Николай Арнольдович попросил красавицу с широким русым пробором и прозрачными глазами, которая сидела за столиком с надписью «Администратор», выяснить в справочной телефон Нины Антоновны Толмачевой, проживающей по адресу: Плющиха, дом 44, квартира 12. Красавица приподняла брови и через пять минут протянула бумажку с номером. Он был тем же самым, и Николай Арнольдович, который за последние тридцать два года ни разу не воспользовался им, узнал номер сразу же, все эти цифры: 299-48-09.

Ответили старческим голосом, вязким от слез. Николаю Арнольдовичу пришло в голову, что снявшая трубку женщина принадлежит к числу интеллигентных москвичек, тихо работающих в библиотеках и музеях, чаще всего — одиноких, преданных своим книгам, картинам, племянникам, сестрам, десятилетиями носящих одно и то же пальто, шарфик, варежки, в которые они имеют обыкновение класть ключи от квартиры и мелочь для транспорта.

— Нет, Нина не встанет, не может, — всхлипнула она. — Не может ответить. Лежит.

— Скажите... — У Николая Арнольдовича забухало сердце, как будто в груди его была какая-то птица, и она принялась поднимать и опускать свои крылья. — Ведь я... Похорон-то ведь не было? Завтра?

— Да, завтра. А вы кто? Из Штатов? Вы кто? Вы Брюллов? Так вы приезжайте к нам. К Ниночке. Просто.

— Я только что вот прилетел, — буркнул, растерявшись, Николай Арнольдович. — Скажите, а где это будет?

— Ваганьково. В десять там, в церкви. Сначала ее отпоют, а потом уж... — У женщины сорвался голос. — Потом там положат. К бабуле.

— К бабуле? — переспросил он.

— А как же? К бабуле, конечно. И брат Нинин там же. Так вы к нам придете?

— Боюсь, что сегодня я... нет, не успею. А завтра, конечно...

В трубке раздались гудки, и он подумал, что старуха обиделась на него. Но как туда ехать? Зачем? Что сказать ей? Они ведь не виделись тридцать два года! И, может, там муж. Вся семья. Кто их знает? Николай Арнольдович схватился за остатки седых волос и нервно заходил по комнате. Как все это будет? Скорей бы уж завтра! Ну, вот. Прилетел! Вот, послушался Тэда!

Ночью он опять не мог уснуть, несмотря на снотворное. Ворочался, зажигал свет, снова гасил его, пробовал читать, листал телефонную книгу. Под утро не выдержал, встал и умылся. Прилег на диван у окна. Не спать так не спать! Он отодвинул шторы и начал смотреть вниз, на улицу. К «Савою» подъехала машина, из которой выскочила женщина. Высокая тонкая блондинка с длинными волосами в очень оголенном вечернем платье. Николай Арнольдович всмотрелся. Нет, это не женщина, девочка. По виду пятнадцать, четырнадцать лет. Кругленькое детское лицо, освещенное двойным светом — уличного фонаря и восходящего солнца, — казалось усталым и очень сердитым. Ей, видимо, смертельно хотелось спать, потому что она осторожно терла мизинцем накрашенные глаза, а туфли на высоких каблуках, из-за которых Николай Арнольдович принял ее поначалу за взрослую женщину, сняла и стояла, прижавшись затылком к намокшему дереву. Подъехала еще одна машина, из которой не торопясь вышли трое. Блондинка начала торопливо закуривать, ломая спички. Мужчины направились к ней, и в одном из них Николаю Арнольдовичу померещился Велешов. Такой же коротенький, крепкий, и волосы те же: кудрявые, черные, с проседью. Николай Арнольдович открыл окно, чтобы рассмотреть его. Нет, это не Велешов, просто Рогожин. Еще один. Их здесь хватает.

Подошедший ухватил блондинку за локоть и что-то сказал ей, но тихо, чуть слышно.

— Сказала, отстань, не хочу! — детским голосом крикнула блондинка и выпустила дым в лицо Рогожину. — Отстань. Я сказала!

— Чего там: «сказала»? — Рогожин повысил голос. — Щас в угол поставлю! Чтоб папу не слушать?!

— Какой ты мне папа! В гробу этих пап мне!

— Ну ладно, дочурка. Не хочешь — не папа. А лечь вот придется. Ведь мы сговорились?

— Когда сговорились? Я что-то не помню!

— А пить надо меньше. Тогда будешь помнить. Поехали, ладно. Кончай здесь базарить.

Он отступил на шаг и кивнул охранникам. Те живо подхватили блондинку под руки, приподняли над землей и поволокли в машину. Рогожин, усмехнувшись, захватил ее туфли. Машина отъехала. Николай Арнольдович опустился на подушку, его колотила дрожь. Через какое-то время — судя по лязгающим звукам и громким голосам — на улице наступило утро. Часы на стене показывали семь. Николай Арнольдович заставил себя встать, принял душ и медленно побрился. Отодвинул шторы. Было как-то странно темно и, кажется, похолодало. Когда он, уже причесанный, в широком темно-синем пиджаке и серых брюках, опять посмотрел за окно, там вдруг наступила зима. На все густо сыпался ярко-белый, испуганный сам густотой и внезапностью снег. Его было столько, что деревья, только что нежно-зеленые, клейкие и молодые, стояли, как будто их плотно закутали марлей, а птицы умолкли.

«Да как же? — подумал Николай Арнольдович. — Какое сегодня?»

Он сообразил, что сегодня — тринадцатое, и это маленькое открытие неприятно кольнуло его. Еще и тринадцатое ко всему! И этого мало. Со снегом!

Есть совершенно не хотелось, но он все же спустился в большой зал, где на холодных скатертях блестели ножи, а у высокого длиннолицего официанта, неподвижно, как манекен, стоящего рядом с пузатым ярко начищенным самоваром, щеки отливали желтизной и были под цвет самовару. Морщась, Николай Арнольдович отхлебнул горячего кофе и до половины стянул кожуру с банана. И в ту же секунду он поймал себя на мысли о том, что через час будет на Ваганьковском, где сегодня хоронят его родную дочь, а он — ведь отец ее, все же отец — пьет кофе и ест здесь бананы!

Такси, доставившее Николая Арнольдовича к воротам кладбища, отъехало так быстро и резко, что с головы до ног обрызгало его грязью. Он достал платок и вытер лицо. Без четверти десять. Как раз, успеваю. Левая нога была совершенно мокрой, — вылезая из машины, он наступил прямо в лужу, — перчатки остались в гостинице. Женщины, сидящие у ворот на топчанах и перевернутых ведрах, торговали цветами. И ландыши были. Он это заметил. И в Чехии тоже всегда были ландыши, в детстве. Николай Арнольдович купил целую охапку едва распустившихся роз. Их лепестки были тугими и прочными, как будто бы из пластилина. Совсем слабо пахли. Медленно, опустив правую, замерзшую руку с букетом, а левую пряча в карман, он вошел в полутемную церковь. Старуха, высокая и такая костлявая, что лопатки, выступающие из-под кофты, походили на обрубленные крылья, зажигала свечи и кланялась быстро, умело. Другая старуха ходила за ней с запасом новых свечей и тоже старательно кланялась. Сквозь раскрытые двери он смотрел внутрь белого снега. И там, внутри снега, шла жизнь. Прошли под руку две пожилые женщины в платках, с матерчатыми сумками, осторожно переставляя отечные ноги, выскочила собака из конторы кладбища, быстро, радостно обнюхала побелевшую землю возле дерева, застыла, задрав к небу морду. Снег шел, шел и шел, не кончался. Вдруг у его белизны, ограниченной дверным проемом, отрезало нижнюю часть, и она стала темной. Все, что в ней возникло, задвигалось: плечи и спины. Над спинами вырос вдруг гроб и поплыл. Сюда, прямо в церковь. И тут же Николай Арнольдович услышал крик. На низкой разорванной ноте, без слез, без рыданий, сплошной, словно снег, такой странной силы, что он не мог принадлежать одному человеку, тем более женщине. Николай Арнольдович выронил розы, вернее, они как-то сами выпали из его руки. Он почувствовал, что из всех собравшихся в церкви людей только двое могли ТАК кричать. Он и Нина. Да, двое: отец, да. И мать. Как иногда по неосторожности или из озорства заплывшего в шторм человека вдруг накрывает тяжелой волной, и чернота, смешанная с песком и камнями, забивает ему рот, а глаза перестают быть глазами, поскольку их смыло, — так и Николай Арнольдович ощутил, что все, что до этой минуты казалось ему настоящим, единственно важным, — все только готовилось к этому крику. Он протиснулся сквозь толпу, увидел старуху в сбившемся беретике на седой голове, ее закатившиеся глаза, бледные кулачки, прижатые к раздавленному криком горлу, наклонился над ящиком, в котором лежала похожая на Машу мертвая молодая женщина с нежным и тихим лицом, порывисто поцеловал ее ледяные волосы, ощутил жгучий холод ее выпуклого, как у Маши, высокого лба, услышал, как кто-то над ухом проплакал: «Да он же отец ее! Это ж отец!» — выпрямился, и тут же мокрые глаза его встретились с глазами старухи в беретике, которая, словно она и ждала только этой минуты, вырвалась из удерживающих ее рук, привалилась к груди Николая Арнольдовича и судорожно зарылась в него своей трясущейся головой. Он крепко обхватил ее обеими руками, прижал к себе, не отрывая взгляда от этой тихой, похожей на Машеньку, женщины, которая, умирая, приподняла немного брови, как будто она удивилась их встрече.

2007

БЫВШИЕ

Дача принадлежала двум семьям: моему деду с бабушкой и родной сестре деда Антонине Андреевне с мужем Николай Михалычем. Мы занимали первый этаж «большой» половины дома, а деда родная сестра Антонина — первый этаж «маленькой». У нас была застекленная терраса, на которой стояли кресла со львами на ручках, у них — терраса была открытая и мебель стояла простая, плетеная. Наверх вела лестница, такая извилистая и темная, что на ней можно было спрятаться, стоя во весь рост. Черно, жутковато, никто не отыщет. На втором этаже, где солнца особенно много и жарко, были две комнаты с чуланом, который назывался пушистым, как птенчик, и ласковым словом «боковушка». В одной из комнат — окно во всю стену, еловые ветки. Хотели срубить, но потом пожалели, и ель нависла над комнатой сверху.

Все пахло по-своему, неповторимо. Особенно тамбур, где стояли ведра с питьевой водой, и боковушка, где пыль нагревалась, как пудра на скулах. К середине июня «маленькая» половина пропитывалась запахом жасмина, который рос прямо у крыльца и землю забеливал густо, как снегом. На нашей террасе, где много варили, сначала ужасно несло керосином (варили на примусе!), а позже, в связи с улучшением быта, запахло не сильно, но все-таки газом, который дважды в неделю привозили в красных баллонах, и запах был нежным, слегка кисловатым.

На нашей, «большой» половине — кто жил? Жила я, жила моя бабушка, быстрая, с открытой и умной душою, жил дед, худощавый, печальный, жила домработница Валька. О ней и рассказ.

Хотя, впрочем, нет. Нельзя и представить себе, что я обойду без причины вторую, «маленькую», половину нашего деревянного, у леса — последнего, с пышным жасмином, клубникой, малиной, залитого солнцем, далекого дома, почти родового гнезда, колыбели. Где все, кто в нем жил, уцелели случайно. И дед, и сестра Антонина с супругом, а также граф Болотов, Федор Петрович, поселившийся наверху, на Антонининой половине, и милая, стройная, с коком, княгиня Лялька Головкина. Вот, кто уцелел, их немного. Граф был длинноносым, лысым и мнительным человеком, женатым на деда племяннице Ольге, которую мучил тяжелым характером. А Лялька Головкина («шляпа», как нежно звала ее бабушка) жила со своим третьим мужем, Владимир Иванычем, тихим и милым, в той комнате, где боковушка с оконцем. Народу немного, страстей — выше крыши. И страсти кипели, подобно малине, червивой, немного подгнившей, но сладкой, которая шла в варенье. А крупную и без червей — просто ели.

Нельзя приступить сразу к Вальке. Обидно. Сначала нужно сказать, что граф Федор Петрович семь лет подряд не разговаривал с княгиней Головкиной, которая вечно смеялась своим очень вежливым, слабым, ехидным, но слуху любого приятным сопрано. Однажды, услышав, что графа «знобит», причем ежедневно и ровно в четыре, княжна досмеялась до сильной икоты, о чем сообщили немедленно графу, и он перестал разговаривать с Лялькой. Озноб как и был, так, конечно, остался, а «шляпу» — княгиню — граф вычеркнул сразу. И даже если она со своим немного косящим, ясным взглядом проходила мимо его тощей фигуры, когда он работал в саду острыми и страшными садовыми ножницами (и близко совсем проходила, и мягко!), пытаясь сказать ему «доброе утро», граф только бледнел крепким лбом под беретом и низко склонялся к напуганным флоксам.

Жили, однако, весело. В пять сходились к вечернему чаю на открытую террасу. Жасмином дыша, ели каждый — свое, но чай был совместный, и, если пирог или мусс из малины, то это всегда полагалось съесть вместе. Свое приносили по разным причинам. Граф Федор Петрович не мог без «галетов». Они были белыми, хрустящими, с золотистыми прыщиками, и их полагалось намазывать «джемом». Слова иностранные «джем» и «галеты» звучали, как джаз, о котором не знали. Родная сестра Антонина («баб Туся») любила чего поплотнее, послаще. Ну, сырников, скажем, с вареньем, сметаной. Сама их пекла и сама же съедала. Николай Михалыч однажды провел целый месяц в болоте, — военным врачом, попав в окруженье. Шел год сорок третий. Как выжил, не знаю. Вернулся, отмылся, седой, меньше ростом. Сказалось на многом, включая питанье: любил сухари с кипятком, и чтоб — вдоволь. А чаю не пил никогда, рук не мыл, клубнику ел с грядки, с прилипшей землею. До смерти с трудом дотянул, всех боялся. Диагноз шептал, а ресницы дрожали. Конечно: болото. А впрочем, не только.

Ведь я говорю: уцелели случайно. Сперва революция. Нет, сперва — детство. Со сливками, няней, мамашей, папашей. Учили французскому, девочек — танцам. Каток, поцелуи, гимназия, выпуск. Потом революция. Девочек, ставших девушками, разобрали мужчины (кто честно женился, кто так, между делом), но этих мужчин убивали нещадно. У Ляльки, княгини, двоих. Владимир Иваныч был третьим, он выжил. А граф с этим вечным досадным ознобом в анкетах писал, что отец его — слесарь. Дрожали всю жизнь, но жасмин был жасмином, и чай полагалось пить в пять. Вот и пили. А рядом, в лесу, куковала кукушка. Считали «ку-ку» с замиранием сердца.

Минут через сорок по дачам проносился крик: «Воду дали»! Люблю этот крик, до сих пор его слышу. Без десяти шесть начинали поглядывать на часы, без пяти — переглядываться. Кусок больше в горло не лез, и кукушка смолкала. Без трех минут шесть опускали глаза, чтобы не видеть пустого крана в саду. Он мертв был, безволен, заржавлен, несчастлив. Но чудо! Кран вдруг начинал просыпаться и фыркать, как конь, и давиться, и кашлять. А в шесть! В шесть брызгал из его пересохшего горла темный сгусток, как будто кран сплевывал желчь со слюною, и тут же, — сверкая, дрожа от свободы, сама расплетая себя, словно косу, — о, тут начиналась вода! Вскакивали, бежали за ведрами. Граф — первым, княгиня — последней. Забыть эту воду, бьющую в кривые от старости ведра, в их синие, серые в крапинках тельца, забыть ее вкус — вкус самой моей жизни — почти то же самое, что забыть собственное имя. Не дай Бог такого. Несли ведра в тамбур, как флаги победы.

Среди этих людей, «бывших», как говорила моя бабушка, румяная круглая Валька была чем-то вроде чужого ребенка. Ее и жалели, и грели, и тут же шпыняли (поскольку «прислуга»!), боялись при ней говорить откровенно, однако охотно дарили подарки, она была частью их «бывшего» мира, в котором всегда были «вальки» и «ваньки», но поскольку самого этого мира больше не было, то и Валька не *прирастала* к ним, а как-то скорее *мелькала, сквозила*. Могла и исчезнуть в любую минуту. Откуда же в красной России — «прислуга»? Господ-то лет сорок назад перебили.

Румяная круглая Валька появилась в качестве «нашей» домработницы (мы ее и вывозили на дачу!), но обедала и подарки получала не только на нашей, «большой» половине, но и на «маленькой», и если, уехав в город на свой законный воскресный выходной, она не возвращалась обратно с восьмичасовой электричкой, то все волновались, вздыхали и ждали.

А тут и настал фестиваль молодежи. Москва расцвела, как невеста в день свадьбы. Дворники, опустив узкие глаза, с рассвета мели переулки. Увечных и нищих с детьми и бездетных свезли, куда следует, чтоб не мешали, на месте их жизни взыграли фонтаны. Все те, кто мог, покидали жилища, спеша поучаствовать в празднике мира, а тот, кто не мог, прилипал к телевизору. Экраны были маленькими, пучеглазыми, и всемирная молодежь казалась немного сплющенной. Валька начала готовиться к фестивалю зимой. Пошила два платья: одно — из сатина, другое, в горошек, из жатого ситца. С приходом весны чисто выбрила брови и стала каждую ночь накручивать волосы на большие железные бигуди. Привыкла, спала в бигудях, как убитая. Но главное: вся налилась ожиданьем. В начале мая, когда по оврагам, где думал он спрятаться и отлежаться, растаял весь снег, Валька заявила, что уходит в десятидневный отпуск. Не все же белье полоскать в сонной речке и слушать лесную кукушку с террасы! К тому же вокруг старики и старухи. Бабушка моя с ее ясным умом и открытым сердцем поняла, что Вальку не переспоришь, глаза опустила, на все согласилась.

Спросила одно:

— Ночевать-то где будешь?

— А что ночевать? Ночевать буду дома, — простодушно ответила румяная прислуга.— Гулены одни по вокзалам ночуют!

У бабушки отлегло от сердца: бесхитростное колхозное дитя смотрело открыто, сияло доверьем, и лак на ногтях был краснее рябины. В первый день наступившего отпуска Валька выплыла на большую террасу белым лебедем. Терраса, набитая «бывшими», ахнула. Новые босоножки (из каждой робко вылезало по неуклюжему мизинцу), высокие кудри, и брови, как уголь, и губы в помаде.

— Тебе бы очки еще, Валя. От солнца. Ну, как теперь носят... — вздохнула княгиня.

Находящаяся в отпуске Валька отвернулась, пошарила в сумочке. Потом повернулась обратно, надменная. Очки на глазах. Вот вам. Все как в журнале.

— Ох, Валя! — сказал ей Владимир Иваныч.

— Бегу! — ответила ему Валька. — Загорский могу пропустить, опоздаю.

— А кто тебя ждет? — хмуро спросил мой дед.

— Одна не останусь! — звонко отрезала прислуга. — Поди, не в деревне, людей — не сочтешься!

И птицей в калитку.

— Ну, все! Ускакала! — сказал хмурый дед и укоризненно посмотрел прямо в светло-черные бабушкины глаза. — Ведь я говорил: не пускай. Дура-девка!

— А что я могла? За подол уцепиться? — отводя глаза, пробормотала бабушка. — Вернется, куда ей деваться?! Вернется!

Вернулась за полночь. «Бывшие» сидели на террасе, дышали жасминовым снегом и ждали.

— Ну, что? Ну, рассказывай!

Валька томно уронила сумочку прямо на стол, глаза закатила, а губы надула.

— Приехали к нам, — скороговоркой ответила она. — Кто черный, кто желтый. Кто с Африки, кто с Аргентины. Индусы. Все голыми ходят.

— Как голыми, Валя? — прошептал Николай Михалыч и испуганно опустил глаза.

— А так! Очень просто. — задиристо срезала Валька. — Накинут халатик и — здрасте! Привыкли там, в этом... В Бомбее. Жарища!

— А что на ногах?

— На ногах? Сан-да-леты!

«Бывшие» переглянулись: «галеты» мы знаем, теперь: «сандалеты». Запомнить легко, лишь бы не перепутать.

— Поди, Валька, выспись, — сказал ей мой дед. — Опять небось завтра поедешь?

— Еще бы! — вскрикнула уязвленная Валька. — Не с вами сидеть, когда люди гуляют!

А люди гуляли. Молодежь обнималась со студентами, студенты с молодежью. Эскимо было съедено столько, что улицы стали серебряными от оберток. Русоголовые девушки скрывались в кустах Парка имени Горького и там подставляли себя поцелуям больших, белозубых и сильных приезжих. Был мир во всем мире и страстная дружба.

«Бывшие» следили только за тем, где шалая девка ночует. Но «девка» ежедневно возвращалась на последней электричке, со станции шла всю дорогу босая, несла босоножки в руках, напевала. Слова незнакомые: может, на хинди.

Но все завершается. Все. Посмотрите! Все как-то — увы! — подсыхает и гаснет. Возьми хоть цветок полевой, хоть синицу. Куда подевались, зачем народились? Вот так же и мы, так же эти студенты. Гуляли, гуляли и — тю-ю-ю! — улетели. Стал город пустым, постаревшим и грустным. И лето закончилось. Пышные астры в своей погребальной чахоточной силе раскрылись на клумбах, пошел с неба дождик... Короче: тоска, наважденье печали. Дачники вернулись обратно в коммуналки, перетащили туда банки с вареньем, бутылки с наливками, дети (садисты!) — коллекции бабочек, в муках умерших.

И вот однажды... Однажды в ту коммуналку, где я родилась и росла, где топилась большая голландская печка, пришел почтальон. Он пришел, маленький, серенький, слегка запыхавшись, с матерчатой сумкой, и дал моей бабушке в руке повестку.

— Вот вам. Распишитесь.

Она помертвела. Она расписалась. На ватных ногах добрела до дивана, раскрыла конверт. Ей, Е.А. Панкратовой, и мужу (Панкратову также, К.А.), приказывалось явиться к следователю по особо важным делам товарищу Хряпину в 10.00. И адрес указан: Лубянская площадь.

Бедная голубка моя! Не дряхлая, нет! Моя бедная! Вижу, как она — белее жасмина, белее сметаны — снимает трубку, чтобы позвонить деду, и снова кладет эту трубку обратно. Потом она достает папиросу из начатой пачки и не может зажечь спичку, чтобы прикурить: так прыгают пальцы. Потом — очень тихо — хватается за голову. Потом — очень медленно — набирает телефон Антонины. Когда та подходит, она говорит: «Приезжай». Через час приезжает сестра Антонина Андревна. Они сидят вместе и шепчутся.

— Туся! Ведь нас заберут.
— Что ты, Лиза!
— Мешочек где — помнишь? С колечками?
— Мешочек? Да. Помню. Они ведь там оба?
— Да, оба. И там же браслет.
— Что ты, Лизанька? Будет...
— Все — девочке, Туся...

В семь часов вечера, замерзший от ветра, пришел дед с работы. Ему протянули повестку. Дед изменился в лице.

— Ну вот. Доигрались.

Бабушка прыгающими пальцами налила ему супу.

— Поешь хоть.

Дед поднес ложку ко рту и опустил обратно в тарелку.

— Не хочется, Лиза.

Потом Антонина ушла, сильно сгорбившись. Потом хлынул дождь, ночь настала. Трамвай отзвенел за окном, все затихло. Не спали, шептались.

— Как думаешь, Костя? За что?

— Кто их знает!

Ни свет ни заря — поднялись.

— Поехали, Лиза.

Лубянский проезд. Вот оно. А что же все дождь, дождь и дождь? Пока дошли, вымокли. Зонтик забыли. Тяжелая дверь. Не скрипит. Видно, смазали.

— Товарищи, вам на четвертый этаж.

Ну, что ж. На четвертый.

— После *ее* смерти... Нам *некого*, Лиза, бояться. И нечего.

Имеет в виду: смерти дочери.

— Ах, только бы вместе! Ведь там, говорят, по отдельности, Костя. Мужчины и женщины. Все: по отдельности.

Вот он, кабинет. В.П. Хряпин. Наверное: Виктор Петрович. А может быть, Павлович, кто его знает.

— Зайдите, товарищи.

Зашли, наследили: ведь дождь, очень грязно.

— Простите, мы тут...

— Ничего. Подойдите.

Сидит за столом. Ни лица, ни обличья. Костюм серый, штатский. Очки. Сам безбровый. Глаза незаметные, нос незаметный, а рта вовсе нету. Какой же ты Хряпин?

Достает фотографию, показывает.

— Известен вам этот товарищ?

На карточке — важный, мордастый, заросший. Похож на «товарища» Маркса.

— Известен?

— Нет, первый раз видим.

—Смотрите внимательней!

Смотрят: мордастый.

— Нет, нам неизвестен.

— Тогда обьясните, зачем ему ваш телефон? И откуда? Кто дал ему ваш телефон?

Дед замечает, как у бабушки дрожат руки. Она прячет их под мокрую клеенчатую сумку, и сумка сама начинает дрожать. Убить бы вас всех, сволочей, негодяев, за Лизину дрожь.

— Мы этого *юношу* первый раз видим.

— Откуда же ваш телефон в его книжке?

Дед мягко разводит руками:

— Не знаем...

— Из вашей семьи кто принимал участие в фестивале молодежи и студентов?

Дед быстро наступает на бабушкину ногу под столом. Сигнал отработанный: время проверило.

— Какая же мы «молодежь»? Старики мы...

— Ну, может быть, дочка?

У бабушки сразу взмокают ресницы.

— Она умерла. — Дед бледнеет.

Не смотрят на Хряпина — мимо и выше: на небо за стеклами. *Там* наша дочка.

— Не знаете, значит?

— Нет, к счастью: не знаем.

Хряпин кривит то место в нижней части лица, где должен быть рот.

— Ну, что же... Не знаете, значит не знаете.

Выписывает две бумажки.

— Сержант Огневой! Проводите товарищей.

Сержант Огневой молод, строен, кудряв. Но веки красны: то ли пьет, то ли плакал.

— Идите за мной.

— Идем мы, идем. Нам ведь, главное, вместе.

— Покажете пропуск внизу. До свиданья.

Как пропуск — внизу? Значит, нас НЕ забрали? А вслух:

— До свиданья, всего вам хорошего!

Обратно под дождь.

— Костя! Что это было?

— Ну, Валька, ну, дура! Ты видела морду?

— Так он иностранец, наверное, Костя?

— А может быть, нет. Что по карточке скажешь? Ты, Лиза, ее не ругай. Дура-девка.

— О Господи! Что она видела в жизни? Одну нищету...

Вернулись домой. Валька жарит котлеты.

— Погодка сегодня! Куда ж вас носило?

— Дела, Валентина. Давай-ка обедать.

— Так я вас ждала! Очень кушать охота, сейчас принесу, — улетела на кухню.

— Включи, Лиза, радио. Пусть поиграет. Послушай меня. Я тихонечко, Лиза. Ты Вальке — ни слова. Ведь нас отпустили? Зачем же пугать ее?

— Незачем, Костя.

А Валька тем временем пела на кухне:

Сорвала-а-а я цветок по-о-олевой!
Приколола -а-а на кофточку белую-ю!
Жду я, милы-ы-ый, свиданья с тобо-ой!
А сам-а-а к тебе шагу не сделаю-ю-ю!

Бостон, 2009

СОДЕРЖАНИЕ

Литературно-художественное издание
ВЫСОКИЙ СТИЛЬ. ПРОЗА И. МУРАВЬЁВОЙ

Ирина Муравьёва

НАПРЯЖЕНИЕ СЧАСТЬЯ

Ответственный редактор *О. Аминова*
Выпускающий редактор *А. Дадаева*
Художественный редактор *А. Стариков*
Технический редактор *О. Куликова*
Компьютерная верстка *В. Фирстов*
Корректор *З. Харитонова*

В оформлении обложки использован рисунок *В. Еклериса*

ООО «Издательство «Эксмо»
127299, Москва, ул. Клары Цеткин, д. 18/5. Тел. 411-68-86, 956-39-21.
Home page: **www.eksmo.ru**   E-mail: **info@eksmo.ru**

Өндіруші: «ЭКСМО» АҚБ Баспасы, 127299, Мәскеу, Клара Цеткин көшесі, 18/5 үй.
Тел. 8 (495) 411-68-86, 8 (495) 956-39-21.
Home page: www.eksmo.ru . E-mail: info@eksmo.ru.
Қазақстан Республикасындағы Өкілдігі: «РДЦ-Алматы» ЖШС, Алматы қаласы,
Домбровский көшесі, 3«а», Б литері, 1 кеңсе. Тел.: 8(727) 2 51 59 89,90,91,92,
факс: 8 (727) 251 58 12 ішкі 107; E-mail: RDC-Almaty@eksmo.kz
Қазақстан Республикасының аумағында өнімдер бойынша шағымды Қазақстан
Республикасындағы Өкілдігі қабылдайды: «РДЦ-Алматы» ЖШС,
Алматы қаласы, Домбровский көшесі, 3«а», Б литері, 1 кеңсе.
Өнімдердің жарамдылық мерзімі шектелмеген.

Подписано в печать 28.12.2012.
Формат 70×108 $^1/_{32}$. Гарнитура «Гарамонд».
Печать офсетная. Усл. печ. л. 14,0.
Тираж 3100 экз. Заказ № 1681.

Отпечатано в ОАО «Можайский полиграфический комбинат».
143200, г. Можайск, ул. Мира, 93.
www.oaompk.ru, www.оаомпк.рф тел.: (495) 745-84-28, (49638) 20-685

ISBN 978-5-699-61973-3

9 785699 619733 >